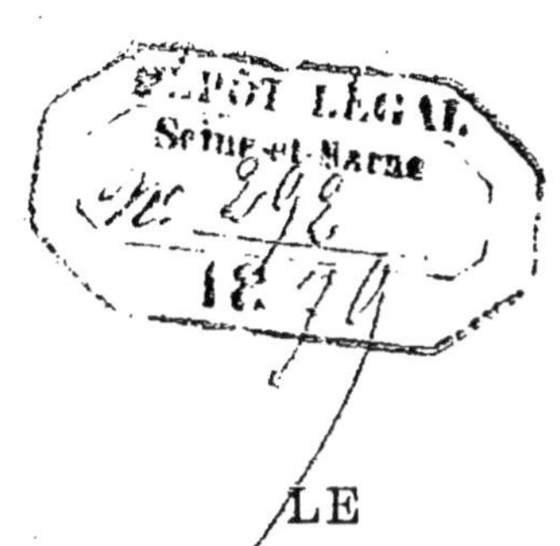

LE
CHALET DES LILAS

I

LIBRAIRIE DE E. DENTU, ÉDITEUR

OUVRAGES DU MÊME AUTEUR

Collection grand in-18 jésus à 3 francs le volume

LE MARI DE MARGUERITE, 13e édition	3 vol.
LES TRAGÉDIES DE PARIS, 7e édition	4 —
LA VICOMTESSE GERMAINE, 7e édition	3 —
LE BIGAME, 6e édition	2 —
LA MAITRESSE DU MARI, 5e édition	1 —
LE SECRET DE LA COMTESSE, 4e édition	2 —
LA SORCIÈRE ROUGE, 4e édition	3 —
LE VENTRILOQUE, 4e édition	3 —
UNE PASSION, 4e édition	1 —
LA BATARDE, 3e édition	2 —
LA DÉBUTANTE, 3e édition	1 —
DEUX AMIES DE SAINT-DENIS, 3e édition	1 —
SA MAJESTÉ L'ARGENT, 5e édition	5 —
LES MARIS DE VALENTINE, 3e édition	2 —
LA VEUVE DU CAISSIER, 3e édition	2 —
LA MARQUISE CASTELLA, 3e édition	2 —
UNE DAME DE PIQUE, 3e édition	2 —
LE MÉDECIN DES FOLLES, 3e édition	5 —
LE CHALET DES LILAS	2 —

SOUS PRESSE :

LES FILLES DE BRONZE.
SON ALTESSE L'AMOUR.
LES FILLES DU SALTIMBANQUE.
L'HOMME AU MASQUE.

F. Aureau. — Imprimerie de Lagny.

XAVIER DE MONTÉPIN

LE CHALET DES LILAS

HISTOIRE D'AMOUR

TOME PREMIER

PARIS
E. DENTU, ÉDITEUR
LIBRAIRE DE LA SOCIÉTÉ DES GENS DE LETTRES
PALAIS-ROYAL, 15-17-19, GALERIE D'ORLÉANS

1879

LE
CHALET DES LILAS
HISTOIRE D'AMOUR

PROLOGUE

I

Tout le monde connaît la gare de la rue d'Amsterdam d'où s'élancent, semblables aux branches d'un éventail, de nombreuses voies ferrées qui font des plaines de la Normandie une annexe du bois de Boulogne, et qui mettent les plages du Havre et de Dieppe dans la banlieue de Paris.

Les multiples salles d'attente des chemins de fer de l'Ouest rappellent vaguement, de sept heures du matin à minuit, — surtout en été et en automne, — le va-et-vient et le bourdonnement continu d'une ruche d'abeilles.

On se pousse, — on se coudoie, — on se hâte, — on s'appelle, — on se quitte, — on se retrouve, — on s'embrasse, — on part, — ou l'on arrive.

Beaucoup toucheront à leur destination dans dix minutes. — Quelques-uns, dans deux mois, seront encore loin du but. — Ceux-ci, par le chemin de fer de ceinture, gagnent la porte Maillot, — Passy, — Auteuil, — les frais ombrages du Ranelagh.

Ceux-là vont rejoindre au Havre les steamers transatlantiques qui les emporteront à travers les tempêtes jusqu'aux lointains climats que la fièvre de l'or peuple depuis quelques années.

D'autres, en nombre presque infini, s'élancent vers Saint-Germain, — Versailles, — Saint-Cloud, — Bougival, — Chatou, — Suresnes, — Asnières, — Maisons-Laffitte, — Meulan, — et tous ces merveilleux villages assis sur les rives de la Seine, et qui sont les jardins de Paris comme la Touraine est le jardin de la France.

En 1857, — par l'une des plus belles journée du mois de mai, — je venais de franchir l'une des larges portes ouvertes sur la rue d'Amsterdam, et je me dirigeais vers le guichet où commençait la distribution des billets, pour le départ de dix heures trente minutes du matin, d'un convoi s'arrêtant à Mantes après avoir desservi les stations intermédiaires.

Au moment où je présentais à l'employé une pièce de monnaie en lui disant :

— Maisons-Laffitte, aller et retour... première classe...

Je me sentis frapper sur l'épaule.

Je me retournai vivement.

Un visage de connaissance me souriait, — une main amie se tendait vers la mienne.

— Bah! — m'écriai-je en serrant cette main, — vous ici, mon cher Paul! Comment allez-vous?

— Pas bien... Je suis souffrant.

— Rien de grave, j'espère?

— Non, une fatigue générale seulement; — plus d'appétit, de mauvaises nuits. — Mon médecin affirme qu'en moins de deux mois l'air de la campagne me débarrassera de tout cela.

— Où allez-vous de ce pas?

— A Maisons-Laffitte.

— Moi aussi.

— C'est une heureuse chance; nous ferons route ensemble...

Nous prîmes nos billets et nous continuâmes la conversation commencée.

— Est-ce que vous habitez Maisons en ce moment? — demandai-je.

— Non, — j'y vais aujourd'hui chercher quelque chose à louer. — Et vous?

— Faire une visite

— Vous tiendra-t-elle longtemps, cette visite?

— Une heure au plus.

— Connaissez-vous le pays?

— A peu près.

— Alors, vous avez un grand avantage sur moi qui ne le connais pas du tout... — Je me cramponne à vous comme le lierre au chêne. — Une fois votre visite faite, je vous prends pour guide, je vous institue mon cicerone. — Vous me piloterez, et vous m'aiderez à mettre la main sur la maisonnette objet de mes vœux... Est-ce convenu?

— Vous savez bien, mon cher ami, que je suis tout à votre disposition...

Ceci se disait en montant le large escalier qui conduit aux salles d'attente.

Mon ami Paul de G... était un de ces camarades de jeunesse que l'on aime beaucoup, que l'on voit rarement, mais que l'on est toujours enchanté de rencontrer.

Maître trop jeune d'une belle fortune, il en avait laissé manger les trois quarts aux marchands de chevaux, aux carrossiers, aux tailleurs, aux bijoutiers, et surtout aux aimables personnes de facile vertu.

Bon garçon dans toute la force du terme, plein de cœur et de loyauté, mais faible et facile avec excès, Paul succombait à toutes les séductions et se faisait ballotter au vent de tous les caprices.

Cependant, quand il eut atteint sa vingt-sixième

année, quand il regarda en arrière, quand il vit que de ses quarante mille livres de rente il lui en restait dix à peine, et que sa santé, compromise par les fatigues des soupers, des boudoirs et du sport, allait de jour en jour se délabrant davantage, Paul réfléchit.

Quelques amis véritables lui conseillaient d'enrayer.

Il fit mieux, — il dételа.

Avec ses dix mille livres de rente il se constitua une modeste aisance, et il consacra désormais sa vie à prendre soin de lui-même et de sa petite fortune.

Sa santé et le placement sûr et productif de ses capitaux, voilà quelles furent ses plus importantes occupations.

La manie de se croire sans cesse un peu malade suffit à remplir son temps ; son médecin se rendit volontiers complice de cette innocente fantaisie, et pour chaque indisposition nouvelle, subie ou appréhendée par son client, il sut trouver quelque médication inoffensive ou quelque préservatif anodin.

Au moment où je venais de rencontrer Paul, — (que je n'avais vu depuis près de dix-huit mois), — il avait environ trente et un ans, — et son médecin lui ordonnait l'air de la campagne pour un malaise imaginaire.

On ouvrit les portes de la salle d'attente. — Nous

nous installâmes, Paul et moi, dans un compartiment où par hasard nous nous trouvâmes seuls.

La cloche sonna.

La machine siffla — s'élança, couronnée de son panache de vapeur, et entraînant après elle le convoi.

Je tirai de ma poche mon étui à cigares. — Je l'ouvris et le présentai à Paul.

— Merci, — dit-il en le repoussant doucement.

— Vous refusez!... — m'écriai-je avec un peu de surprise, car à une certaine époque, les partagas et les cazadorès entraient pour une somme importante dans le budget de mon compagnon.

— Hélas ! oui, — murmura-t-il, — je refuse...

— Et la raison?...

— Je ne fume plus.

— Et pourquoi?

— Mon médecin me le défend.

Il n'y avait rien à répondre à cela, — le médecin, pour Paul, c'était la loi et les prophètes. — Sans doute un beau matin le pauvre garçon s'était réveillé avec une prétendue irritation du larynx où des bronches.

De là, l'embargo mis sur le cigare.

Je dissimulai de mon mieux le sourire qui, malgré moi, me venait aux lèvres, et je me mis à fumer tout seul après avoir demandé du ton le plus sérieux :

— J'espère, au moins, que la fumée ne vous fait pas de mal?

— Oh! pas le moindre. — Continuez, mon ami, je vous en prie...

Nous causâmes.

La conversation s'égara dans le passé, pour revenir au présent par de longs méandres.

Paul m'avoua qu'il avait parfois des moments d'ennui pendant lesquels la solitude de sa vie lui pesait étrangement.

— Ainsi, — dit-il, — la campagne m'est nécessaire... indispensable même... mais, à la campagne, quelle triste existence je vais mener entre ma vieille cuisinière et mon jeune domestique!...

— Voulez-vous, — dis-je, — que je vous donne un conseil?

— Oui certes.

— Vous trouvez que l'isolement est lourd, n'est-ce pas?

— Oh! oui.

— Eh bien! mariez-vous.

Paul me regarda d'un air étonné, — doutant presque que j'eusse parlé sérieusement.

— Me marier! — répéta-t-il.

— On dirait que vous n'y avez jamais pensé?

— Jamais, je vous l'affirme.

— Eh bien! il est encore temps.

— Je suis trop vieux.

— A trente et un ans, quelle plaisanterie! C'est l'âge véritable pour le mariage. — On a l'expérience et la raison. — En outre, vous avez vécu...

— Hélas! — murmura-t-il.

— Et, — continuai-je, — je suis sûr que vous feriez le meilleur des maris.

— Mais je suis pauvre...

— Pauvre avec dix mille livres de rente, — pas tout à fait... — D'ailleurs, la femme que vous épouseriez pourrait fort bien vous en apporter autant, sinon davantage, et avec vingt mille francs par an on est presque riche.

— Vous croyez?...

— Pardieu! je fais mieux que le croire, j'en suis sûr...

— Enfin, je verrai... je réfléchirai... Peut-être avez-vous raison, mais je ne sais pas si le mariage serait bon pour ma santé... je ne puis songer à prendre un parti à cet égard avant d'avoir consulté mon médecin...

Depuis quelques secondes, la marche du convoi se ralentissait.

Le train venait de traverser la Seine.

Il s'arrêta.

Les portières s'ouvrirent et les employés crièrent :

— Maisons... Maisons...

Nous étions arrivés.

II

Dix minutes après avoir quitté le chemin de fer, nous franchissions les portes du parc et nous passions devant les grilles du château.

Ce château, personne ne l'ignore, est une des plus belles habitations de France et peut hardiment lutter avec les résidences royales.

Son histoire est curieuse.

Il fut bâti, sur les dessins et sous la direction de Mansart, par René de Longueil, marquis de Maisons, président à mortier du parlement de Paris, surintendant des finances et ministre d'Etat.

Ses constructions grandioses sont dignes de l'illustre architecte qui fut l'une des gloires du siècle de Louis XIV.

Voltaire aimait le château de Maisons, il y venait

souvent et il occupait alors la chambre la plus élevée de la façade. Depuis cette chambre, la vue s'étend sur un panorama splendide : on découvre la forêt tout entière et, aux limites de l'horizon, la ville de Saint-Germain. Plus tard, Maisons devint la propriété du comte d'Artois; — un appartement spécial y fut destiné au roi Louis XVI et à la reine Marie-Antoinette.

La chambre de la reine se trouvait dans l'aile gauche.

Après la Révolution, parc et château furent vendus comme propriétés nationales, et achetés par le duc de Montebello.

Le fameux banquier Jacques Laffitte les posséda ensuite, et c'est lui qui fit vendre par lots les dix-neuf vingtièmes du parc immense, ou plutôt de la forêt qui formait les dépendances du château.

Les parties détachées du parc primitif sont peuplées d'une multitude de riantes villas, de charmantes maisons, de chalets élégants.

Ces habitations innombrables, appartenant presque toutes à de riches Parisiens, forment ce qu'on appelle *la Colonie*.

Pendant des heures entières, soit que l'on marche dans l'avenue principale, soit que l'on se jette dans les percées latérales qui aboutissent, les unes à la forêt de Saint-Germain, les autres à la Seine, on voit à sa droite et à sa gauche, au milieu de jardins entourés de grilles ou de barrières, des habitations affectant les formes les plus variées et parfois les plus prétentieuses, — depuis l'hôtel du faubourg Saint-Honoré jusqu'au pavillon chinois, en passant par la maison moyen âge et par le château fort en miniature, avec ses créneaux nains et ses mâchicoulis pygmées.

Et partout des futaies de chênes aux feuillages épais, — partout, sur les vertes pelouses de gazon anglais, des groupes de frênes, de platanes, de sycomores, — partout des jets d'eau retombant dans les bassins microscopiques, — partout des buissons de rosiers et des massifs de lilas chargeant la brise de leurs parfums.

A chaque pas vous rencontrez de beaux enfants blonds et roses, vêtus comme les *babys* anglais, — des hommes portant le traditionnel costume blanc du campagnard qui se respecte, et des femmes élégantes.

Tel est *la Colonie.*

Il ne faudrait pas croire, cependant, que la totalité des terrains vendus et à vendre soit envahie par la phalange compacte des Parisiens en villégiature.

Les extrémités du parc, — surtout dans la partie qui se rapproche de la Seine, et qui justement est la plus charmante, — les extrémités du parc, disons-nous, sont encore à peu près désertes.

C'est à peine si quelques rares habitations se disséminent çà et là sous les arbres et sur le tapis vert des prairies.

Cette solitude s'explique sans peine.

Depuis ces points reculés, il faut plus d'une heure pour venir joindre le chemin de fer, et par les pluies d'automne et les mauvais temps d'hiver, les avenues poudreuses de Maisons-Laffitte se changent en marécages et en fondrières dans lesquels les jambes des chevaux s'enfoncent jusqu'aux jarrets et les roues des voitures jusqu'au moyeu.

Qu'on juge de ce qu'y deviennent les simples piétons !...

Ceci bien posé, et après avoir tracé le petit croquis topographique qui nous paraissait indispensable à l'intelligence de ce qui va suivre, nous reprenons notre récit ou, pour parler d'une façon plus conforme à l'exactitude, l'introduction de notre récit.

— La maison où vous allez est-elle bien loin ? — me demanda Paul.

— A cinq minutes tout au plus, dans la grande avenue.

— Je vous accompagne jusqu'à la porte.

— Voulez-vous entrer avec moi ?...

Et comme mon compagnon ne répondait pas, j'ajoutai en souriant...

— Il y a trois filles à marier...

— Non... non! — dit Paul vivement, — j'aime mieux vous attendre dehors... Je trouverai, j'imagine, à peu de distance, des bancs de pierre comme ceux-ci?

— Il y en a partout.

— A merveille, — je ne serai pas fâché de m'asseoir un peu.

— Pourquoi ne commenceriez-vous pas tout de suite vos recherches?

— Je désire ne me séparer de vous que le moins possible...

— Nous nous rejoindrions aussitôt que je serai libre...

— Sans vous je ne ferais rien qui vaille... Je vous ai rencontré, je tiens à profiter de mon heureuse chance.

— Comme vous voudrez...

Toujours faible, ainsi qu'il l'avait été depuis sa jeunesse et ainsi qu'il le sera sans doute jusqu'à sa dernière heure, ce brave Paul éprouvait le besoin de se laisser conduire, de s'appuyer moralement sur quelqu'un; enfin, de ne point prendre tout seul une détermination, si minime qu'en fût l'importance.

— Nous voici arrivés, — dis-je en m'arrêtant.

— Et voilà un banc à vingt pas d'ici. — Restez le moins longtemps que vous pourrez.

— Soyez tranquille.

Je sonnai, — tandis que Paul allait s'asseoir.

La porte s'ouvrit et un domestique, accourant à ma rencontre à travers le jardin, m'apprit que ses maîtres étaient à Paris depuis le matin et n'en devaient revenir que le soir.

— Ah! ah! — s'écria Paul après m'avoir entendu lui répéter ce qu'on venait de m'apprendre, — si cependant j'avais commencé mes recherches tout seul, ainsi que vous me le conseilliez, où en serions nous maintenant?... Comme j'ai bien fait de vouloir attendre !...

— Sans doute, puisque cela vous a réussi... Maintenant, occupons-nous sérieusement de votre affaire... Vous voulez une maison ?...

— Une maisonnette, mon ami ; une maisonnette, rien de plus...

— Que vous faut-il en fait de logement?

— Très peu de chose.

— Mais encore?

— Une très petite salle à manger, — un très petit salon, — une très petite chambre à coucher, — une très petite cuisine, — et, avec cela, un soupçon de cave, et deux cabinets larges comme la main pour y coucher ma cuisinière et mon domestique... — Voilà mon idéal... — Je tiendrais seulement à ce que le jardin fût un peu plus grand que le reste...

Je n'avais pu m'empêcher de sourire en entendant mon ami tracer le plan de la maisonnette lilliputienne qu'il rêvait.

— Ce que vous demandez là n'est pas facile à trouver... — dis-je au bout d'un instant.

— Bah! et pourquoi donc?

— Parce que les gens qui font construire des maisons ici par spéculation veulent les louer, ce qui est fort naturel, et que, naturellement aussi, ils les bâtissent assez grandes pour qu'elles puissent servir au logement d'une famille... Votre maisonnette est une exception, et je ne sais pas si cette exception existe.

— Bah! en cherchant bien...

— Enfin, nous verrons... Apportez-vous des meubles?

— Oh! non! par exemple! — Je ne suis pas assez fou pour faire voyager mon mobilier et le détériorer! il représente un capital important, diable! — Je veux louer garni...

— Mettons-nous en quête. — Ici les maisons meublées ne manquent pas.

Effectivement, au bout d'un demi-quart d'heure de marche, un écriteau appendu près de la porte d'un jardin nous indiquait une maison à louer; — une indication, tracée à la main au bas de l'écriteau, engageait à s'adresser au jardinier de la maison voisine, ce que nous fîmes sans tarder.

Ce jardinier avait véritablement une bonne figure

sous son grand chapeau de paille un peu percé.

— Combien la maison à louer a-t-elle de pièces? — lui demanda Paul.

— Salon, salle à manger, deux chambres à coucher, cuisine, deux chambres de domestiques, — répondit-il, — le tout bien meublé : acajou et damas de laine, — parqueté et ciré, — batterie de cuisine et le reste...

Paul me regarda.

Sauf une chambre à coucher en plus, la maison réalisait son idéal.

— Et le prix ?

— Mille écus.

Paul fit un bond.

— Vous avez dit?... — s'écria-t-il, croyant sans doute avoir mal entendu.

— Trois mille francs, et ça n'est pas cher.

Paul laissa tomber ses deux bras le long de son corps.

Le jardinier reprit :

— Il y a un arrangement entre le propriétaire et moi pour le jardin : c'est moi qui soigne les plates-bandes ; je ratisse les allées et je fournis les fleurs. — Le locataire me paye cent écus pour la saison... une bagatelle...

La bonne figure du jardinier prit aux yeux de Paul des teintes sinistres.

— Cet homme est capable de tout !... — pensa-t-il.

Et, me donnant un coup de coude, il me dit :

— Allons-nous-en !...

— Ces messieurs veulent-ils visiter l'immeuble ? — demanda le jardinier.

— Immeuble vous-même !... — répondit Paul avec force et colère.

Puis il m'entraîna, laissant le jardinier stupéfait chercher le sens de l'injure encore inédite avec laquelle mon compagnon venait de le foudroyer.

III

— Mille écus !... — répétait Paul sans lâcher mon bras, sur lequel il pesait de toute sa force pour m'éloigner plus vite... — mille écus !... — Deux chambres à coucher, mille écus !... — et trois cents francs au jardinier !... — Sol inhospitalier, je te maudis !... — Parc exploité par des arabes, je secoue sur ton seuil la poussière de mes sandales !...

— Mon cher ami, — dis-je en riant, — prenez garde, vous allez vous rendre malade...

Ce peu de mots produisit un effet magique. — Paul se calma comme par enchantement.

— En face de prétentions aussi impudentes, — me répondit-il d'une voix très douce et très mesurée, — j'ai perdu mon sang-froid, et qui donc l'aurait conservé ?

— Certainement ce prix de mille écus pour une habitation fort modeste est exagéré, mais je dois vous prévenir que les loyers sont horriblement chers à Maisons-Laffitte...

— Soit, mais tout a des bornes, excepté l'impudence de ce jardinier qui nous dit : *mille écus*, d'un air bonhomme, et qui ajoute : *ça n'est pas cher!* Ah! mille écus!... pourquoi pas cent mille francs? — Pendant qu'il sont en train de demander, cela ne leur coûterait pas davantage!

— Tenez, voici une maison à louer.

— Sonnons, — interrogeons, — et si l'on nous reparle de mille écus, fuyons encore!

Cette fois, — l'habitation étant un peu plus vaste que la précédente, — ce ne fut pas trois mille francs qu'on nous demanda, mais quatre mille.

Paul croyait rêver.

Nous visitâmes dix maisons, partout les prix semblaient s'être donné le mot pour être identiquement les mêmes.

Deux ou trois heures s'écoulèrent dans cette vaine recherche, — nous étions harassés, et qui plus est, découragés.

— Comment faire? — murmura Paul en gémissant, — c'est l'air de Maisons-Laffitte que mon médecin m'a ordonné, et point un autre... il faut donc que je vienne à Maisons-Laffitte... — mais je ne peux pourtant me décider à payer un loyer de mille écus pour un été... je serais ruiné!... complètement, irréparablement ruiné!

Tandis que mon compagnon se désolait ainsi, je n'avais, moi, qu'une idée : c'était de le ramener, tout doucement et à son insu, du côté du chemin de fer.

J'en avais assez et même un peu de trop de l'exploration sans résultat à laquelle nous venions de nous livrer, et j'éprouvais l'impérieux besoin de reconquérir Paris et ma liberté.

Paul me suivait machinalement, en répétant toujours :

— Comment faire?

Question à laquelle j'évitais sournoisement de répondre.

Tout à coup, — au détour d'une allée, — nous nous croisâmes avec un homme vêtu d'une redingote verdâtre à collet rouge, et coiffé d'une casquette de cuir verni à visière cerclée de cuivre. — Il était suivi d'un beau chien de chasse.

Cet homme me salua en passant.

Je me retournai, et je reconnus l'un des gardes du parc; — je l'avais vu plus d'une fois dans la maison dont les maîtres étaient mes amis, et je savais qu'il s'appelait Dominique.

— Voici la Providence en chair et en os qui se place sur notre chemin pour nous tirer d'embarras!... — dis-je à Paul.

Puis, comme Dominique avait continué son chemin et se trouvait à une vingtaine de pas de nous, je le rappelai.

Le garde, ancien soldat, revint sur ses pas et fit en nous abordant le salut militaire.

Je lui expliquai ce que nous cherchions depuis tant d'heures, et je lui demandai s'il connaissait quelque chose qui pût convenir à mon ami Paul.

— Hum!... hum!... — fit-il, — je comprends, — monsieur veut cela dans des prix doux...

— Dans les prix les plus doux qui se puissent imaginer! — s'écria Paul, — vous m'avez parfaitement compris!...

— La chose est difficile!... Ici la moindre bicoque arrive tout de suite à des gros chiffres...

— Cependant il doit y avoir des exceptions.

— Je n'en connais qu'une.

— Eh bien! profitons de celle-là... — Qu'est-ce ce c'est?

— Un amour de chalet... une vraie bonbonnière... — rez-de-chaussée et premier étage... au milieu d'un grand jardin... — c'est moi qui suis chargé de louer... si je trouve... — Vue superbe, et meublé comme un petit palais...

— Et le prix?... — demanda Paul avec anxiété.

— Oh! répondit le garde, — le prix que vous voudrez. — Au besoin, on vous le donnerait pour rien la première année.

— A ce prix-là, je le prends !... — dit vivement mon compagnon, stupéfait de cette offre exorbitante, autant qu'il l'avait été, un instant auparavant, des demandes exagérées.

— Vous croyez ça à présent, — répliqua le garde, — et tout à l'heure vous n'en voudrez plus...

— Pourquoi donc?... — est-ce que l'habitation est malsaine?...

— Le meilleur air de Maisons-Laffitte... — et pas plus d'humidité que sur ma main...

— Mais, enfin, j'aurai une raison quelconque pour n'en plus vouloir...

— Oh! ça, c'est sûr...

— Et cette raison...

Au lieu de répondre à Paul, Dominique se tourna vers moi.

— Monsieur, — me demanda-t-il, — avez-vous entendu parler du *Chalet des Lilas?*

— Jamais. — Voilà un joli nom !... — qu'est-ce que c'est que le *Chalet des Lilas?*

— Celui que je suis chargé de louer.

— Je m'en arrange, — s'écria Paul.

— Sans le connaître?

— Le prix me convient, ça suffit.

Dominique hochait la tête.

J'interrompis la manifestation enthousiaste de mon ami en disant au garde :

— Vous me demandiez si j'avais entendu parler de ce chalet?

— Oui, monsieur.

— On en parle donc?

— Moins souvent maintenant qu'il y a deux ans... mais enfin on s'en occupe toujours un peu plus qu'il ne faudrait, et je suis étonné que chez M. D... on n'ait pas raconté l'histoire à monsieur.

— Ah çà! il y a donc une histoire?

— S'il n'y en avait pas le chalet ne manquerait point d'amateurs et, meublé comme il l'est, on aurait bientôt fait d'en tirer plus de trois mille francs tous les étés...

— Eh bien, Dominique, racontez-nous cette terrible histoire qui rend la location si difficile.

— Si ces messieurs veulent venir visiter la propriété, je leur dégoiserai la chose ensuite.

— Allons...

— Est-ce bien loin? — demanda Paul.

— Pas trop, — seulement, il nous faut faire un petit détour et passer chez moi pour prendre les clefs. — Vous comprenez que je ne les ai pas dans ma poche. — Enfin, nous y serons dans une demi-heure.

J'étais fatigué plus que de raison, je l'ai déjà dit, mais, la curiosité l'emportant sur la lassitude, je ne fis aucune objection et je suivis Dominique avec mon ami.

Au bout d'un petit quart d'heure de marche dans une avenue déserte et bordée de peupliers suisses d'une belle venue, nous arrivâmes devant une maisonnette en bois grume et en plâtras.

— C'est là que je niche, — fit le garde ; — j'entre et je ressors...

Il reparut au bout d'une minute, portant un trousseau formé d'une demi-douzaine de clefs.

Une allée sinueuse et très étroite, pratiquée au milieu de taillis de jeunes chênes et dans laquelle nous nous engageâmes, nous paraissait ne devoir jamais finir.

Le chien du garde quêtait à travers le fourré, et, de temps en temps, un faisan s'enlevait bruyamment devant lui.

Enfin nous débouchâmes sur la pente de ces beaux coteaux gazonnés, semés de bouquets de grands arbres et qui descendent jusqu'à la Seine par des lignes courbes et harmonieuses.

La rivière, à demi voilée par des rideaux de peupliers et de saules, déroulait ses méandres comme un ruban d'argent moiré, entre les prairies vertes.

De l'autre côté, s'arrondissaient les croupes de collines revêtues d'une verdure plus sombre, sur laquelle çà et là les maisons formaient des taches blanches.

Dans les prairies paissaient de belle vaches, —

des cahutes de pêcheurs s'asseyaient sur les berges, — quelques canots remontaient lentement le cours de la Seine et semblaient, avec leur voile déployée, de grands cygnes endormis sur l'eau.

C'était un paysage enchanteur.

— Encore un peu de patience, — dit le garde, — nous approchons...

Bientôt nous côtoyâmes une clôture, haute d'un mètre et demi à peu près et formée de lattes entre-croisées, assujetties par du fil de fer et appuyées, de dix pieds en dix pieds, sur de solides poteaux.

En dedans de cette clôture, et dans toute sa longueur, s'élevaient des massifs touffus de lilas, de sureaux, de seringas, de boules de neiges, de tous ces arbustes enfin dont le feuillage épais forme un voile impénétrable.

Au-dessus de ces massifs s'élevaient les cimes altières des mélèzes, des marronniers et des noyers d'Amérique.

Puis venait une grille de fer dont des gonds mordaient la pierre de taille de deux pilastres d'un bon effet.

Clôture et massifs se continuaient de l'autre côté. Des volets intérieurs, peints en vert et appliqués contre les barreaux de la grille, empêchaient le regard de pénétrer dans l'intérieur du jardin.

De l'endroit où nous nous trouvions, on apercevait seulement un toit couronné par deux girouettes.

Dominique s'arrêta.

— Est-ce que nous sommes arrivés ? — lui demandai-je.

— Oui, monsieur.

— Je ne sais ce qu'est l'habitation, mais le jardin, autant que nous en pouvons juger depuis le dehors, paraît ravissant...

— Ah ! c'est bien autre chose en dedans... — vous verrez ! !...

Le garde cherchait, parmi les clefs du trousseau, celle de la grille.

Le chien s'était assis sur sa queue à quatre ou cinq pas de là, et lui, si gai jusqu'à ce moment, commençait à pousser ces gémissements lamentables qui, dans le langage populaire, font dire à qui les entend :

— Voilà un chien qui hurle à la mort.

IV

— Taisons-nous, Pataud ! — cria Dominique d'un ton colère ; — taisons-nous tout de suite !

Mais Pataud, — puisque tel était son nom, — ne se taisait point et continuait à hurler avec un redoublement de notes lamentables.

— Qu'a donc votre chien ? — demandai-je.

— Ne m'en parlez pas ! — répondit le garde, — c'est le chalet qui lui produit son effet habituel...

— Son effet habituel !! — répétai-je avec surprise.

— Oui, monsieur.

— Comment ! il aboie toujours de cette façon désespérée quand il se trouve au lieu où nous sommes ?

— Toujours.

— Mais pourquoi ?

— Les chiens, voyez-vous, monsieur, — pauvres bêtes ! — ça a son instinct et sa mémoire tout comme nous autres, et souvent plus que nous autres, car il y a bien des hommes qui sont si... — Enfin, suffit, je me comprends...

— Vous, vous comprenez peut-être, mais assurément, moi, je ne vous comprends pas... Que voulez-vous dire, Dominique ?...

— Je veux dire que quand un chien a flairé la mort dans un endroit, il ne l'oublie plus... Que lorsqu'il a senti l'odeur du sang quelque part, il croit la sentir sans cesse...

— Et c'est ce qui lui arrive ici ?

— Oui, monsieur.

— Diable ! !...

Je regardai Paul.

Le digne garçon semblait quelque peu ému ; — à coup sûr il était plus pâle qu'un instant auparavant.

Il se piqua d'amour-propre, en voyant que j'avais les yeux fixés sur lui, et il fit un effort pour tourner son émotion en plaisanterie.

— Eh bien, — me dit-il avec un sourire contraint sur les lèvres, — voici qui s'annonce à merveille !... Ou je me trompe fort, mon cher ami, ou vous allez trouver dans le Chalet des Lilas le sujet d'un roman ou d'un drame... et peut-être de tous les deux.

— C'est ma foi fort possible! — répliquai-je; — nous verrons bien...

Tandis que j'échangeais ces quelques paroles avec Paul, Dominique s'était avancé vers son chien d'un air menaçant pour lui imposer silence.

Pataud s'enfuit à vingt pas, la queue entre les jambes, et se remit à hurler de plus belle.

— Quand je vous dis que c'est plus fort que lui! — s'écria le garde en revenant à nous; — vous lui couperiez le cou, que vous ne le feriez pas taire...

Tout en parlant, il introduisit la clef dans la serrure de la grille, — il fit jouer le pêne, non sans une extrême difficulté, car la rouille avait en quelque sorte soudé les ressorts, — et la lourde porte tourna sur ses gonds avec des grincements déchirants.

Dominique s'effaça puis, mettant sa casquette à la main, il nous dit, en garde qui sait vivre :

— Si ces messieurs veulent entrer...

Je suis forcé d'avouer mon impuissance à rendre avec des mots l'étrange sensation que j'éprouvai en pénétrant dans la cour.

Les paroles de Dominique m'avaient fait pressentir un drame lugubre, et telle est la puissance de l'imagination qu'il me sembla que quelque chose de funeste flottait dans l'atmosphère autour de moi, et que j'éprouvai une passagère oppression.

Rien, cependant, dans la réalité de ce qui nous entourait, ne justifiait ce malaise.

Jugez-en.

A cent pas de la grille s'élevait un pavillon en forme de chalet, d'une forme gracieuse, élevé d'un étage sur rez-de-chaussée, et surmonté d'un toit presque plat.

Trois fenêtres perçaient le premier étage.

Au rez-de-chaussée, deux fenêtres et une porte, laquelle on arrivait par un perron de trois marches.

L'habitation se détachait sur des massifs de lilas séculaires placés derrière elle, et qui lui donnaient son nom.

Les persiennes étaient ouvertes et attachées avec soin contre les murs.

On voyait aux fenêtres des rideaux, — non plus blancs comme jadis, mais absolument jaunes.

En somme, l'extérieur du chalet se trouvait dans un état de conservation à peu près satisfaisant.

— Regardez, examinez, messieurs, — dit le garde, — c'est bien bâti et solide, ça n'a pas plus besoin de réparations qu'une maison neuve.

Selon le classique usage des villas qui se trouvent aux alentours de Paris, le milieu de la cour était occupé par un gazon de forme elliptique, orné à son point central d'un bassin de trois pieds de profondeur sur cinq ou six de diamètre, destiné à recevoir des poissons rouges ou quelques carpes dorées.

En divers endroits de la ligne courbe du gazon, se trouvaient des corbeilles entourées d'une petite palissade en fil de laiton et pleines de rosiers.

Une voiture, entrant par la grille ouverte, devait décrire un demi-cercle autour du gazon pour venir s'arrêter devant les trois marches du perron.

Enfin des sentiers, dont un habile dessinateur de jardins avait tracé les sinuosités, s'enfonçaient derrière le chalet au milieu des ombrages d'un véritable petit bois.

Çà et là, dans les éclaircies de la verdure, on apercevait, sur leurs piédestaux de maçonnerie, de gracieuses statues, non point en marbre à la vérité, mais en terre cuite.

C'étaient des copies d'après l'antique, ou d'agaçantes nymphes d'après Clodion, Pigalle ou Coustou.

A droite, — sur le côté, et à une distance égale de la grille et du chalet, — se trouvait un marronnier gigantesque, projetant une ombre énorme à ses pieds.

Sous sa feuillée épaisse trois ou quatre chaises de fer, à demi dévorées par la rouille, semblaient attendre les visiteurs.

Le soleil à son déclin colorait de ses teintes ardentes et dorait de ses rayons obliques le tableau que je viens d'esquisser rapidement.

Seulement, — ce que je n'ai pas dit encore, — ce qui donnait à ce tableau une sorte de poésie sinistre, c'était l'état manifeste d'abandon dans lequel se trouvait le jardin depuis deux ans.

Des plantes parasites poussaient avec une vigueur surprenante entre les marches disjointes du perron.

Le bassin, devenu un véritable marécage envahi par le cresson et les herbages aquatiques, servait de quartier général à de nombreuses familles de crapauds, révélant par les accords de leurs voix harmonieuses leur présence et leur droit de propriété.

L'oseille à haute tige, — les panais sauvages, — les pissenlits, — remplaçaient sur les pelouses l'herbe fine et luisante des gazons anglais.

Les allées, jadis sablées, disparaissaient entièrement sous ces herbes touffues ; les rosiers des corbeilles, que le sécateur du jardinier n'émondait plus, usaient leur sève en rejets inutiles, en rameaux dégingandés qui ne produisaient pas de fleurs.

Enfin, sous le marronnier et à l'entour des chaises de fer, les marrons tombés, et qui n'avaient été ramassés par personne, germaient à qui mieux mieux et formaient une sorte de pépinière.

Tandis que j'examinais toutes ces choses Dominique me regardait, et sans doute il lisait sur mon visage quelques-unes de mes pensées.

— Bien sûr que ça n'est pas très bien tenu, ainsi que ces messieurs ne manquent point de le remarquer, — dit-il tout d'un coup, — mais il ne faut pas faire attention à cela ; en trois jours, quatre hommes un peu travailleurs (et je me chargerais de les fournir) auraient mis ce jardin-là dans un état superbe... Ce n'est rien à faire... faucher les gazons et leur donner un coup de rouleau, — nettoyer les allées, — tailler les rosiers et les arbustes, — curer le bassin, — arracher les pousses et les rejets qui montrent leur nez à droite et à gauche... — (on a bien raison de le dire : *mauvaise herbe croît toujours...*) enfin, ça n'est pas la mer à boire... — et d'ailleurs on mettrait le jardin en bon état au gré du locataire et aux frais du propriétaire...

Cette offre si séduisante ne me sembla pas produire sur Paul l'effet désirable.

Il faisait une moue prononcée en prêtant malgré lui l'oreille aux gémissements sourds de Pataud qui s'était accroupi à une faible distance de la grille, avec l'intention évidente de ne point entrer dans le jardin.

Je crois qu'en ce moment mon compagnon aurait mieux aimé payer mille écus la location d'une de ces villas sur le seuil desquelles il secouait, deux heures auparavant, *la poussière de ses sandales*, que de recevoir à titre gratuit le droit de s'installer au Chalet des Lilas.

Cette répulsion n'échappait pas à Dominique. — Cependant il ne désespérait point encore d'avoir mis la main sur un locataire.

Moi je comprenais à merveille que son espoir était chimérique.

— Messieurs, — reprit-il en choisissant une nouvelle clef dans son trousseau, — il faut maintenant voir l'intérieur.

Déjà il se dirigeait vers le perron, — et Paul le suivait la tête basse.

Je les arrêtai tous les deux.

— Nous entrerons dans la maison tout à l'heure... — dis-je à Dominique, — mais, d'abord, racontez-nous ce qui s'est passé ici...

— Mais, monsieur, — répliqua le garde, — ne vaudrait-il pas mieux visiter auparavant?

— Non, le théâtre du drame aura pour nous d'autant plus d'intérêt que nous connaîtrons le drame lui-même...

— Ça sera comme ces messieurs voudront.

— Est-ce qu'elle est longue, votre histoire?...

— Oh! mon Dieu, non, pas du tout... C'est tout au plus s'il y en a pour dix minutes à parler et à écouter.

— Bah!... — murmurai-je avec un peu de désappointement.

— Songez donc, messieurs, qu'on connaît les événements, mais qu'on ignore leur cause... La justice n'y a vu que du noir... le procureur impérial lui-même et monsieur son juge d'instruction y ont perdu leur latin.

Involontairement je souris.

L'idée me vint que, dans le cas où les faits que j'allais apprendre en vaudraient la peine, rien ne m'empêcherait de recommencer, pour ma satisfaction personnelle, l'enquête avortée par ces messieurs du parquet.

Et comme, — dans ma pensée, — un romancier doit être plus fort pour débrouiller les fils d'une trame ténébreuse, que tous les procureurs impériaux ou de la République, et tous les juges d'instruction de France et Navarre, — je ne désespérais point de venir à bout de la tâche que je m'imposerais, si scabreuse et si compliquée qu'elle pût être.

Je pris sous le marronnier une des chaises de fer sur laquelle je m'assis, non sans précaution, car la rouille qui la rongeait pouvait fort bien avoir compromis sa solidité, et je dis :

— Eh bien, Dominique, nous serons là à merveille pour vous entendre et, dans l'intérêt de votre propriétaire, tâchez que l'histoire soit intéressante, car si elle *m'empoigne*, et si mon ami ne se décide point à venir habiter le Chalet des Lilas, peut-être est-ce moi qui louerai...

Paul fit une exclamation et me regarda d'un air ahuri.

Evidemment il se demandait si j'étais fou.

— Non... non... — répondis-je, en riant, à sa pensée secrète, — j'ai tout mon bon sens et, si je fais ce que viens de dire, je vous expliquerai pourquoi... — Dans tous les cas, mon cher ami, ne me supposez nullement l'intention de marcher sur vos brisées et de vous faire concurrence, — je ne louerai que si vous ne louez pas vous-même...

Paul garda le silence, mais il secoua la tête d'une façon qui voulait dire clairement :

— Que le ciel me préserve de m'embarrasser d'une maison dont le seul aspect fait hurler les chiens ! ! — Ce doit être un affreux coupe-gorge, et celui qui l'habiterait et à qui il arriverait malheur l'aurait bien mérité !

Dominique, auquel je venais d'ouvrir une perspective imprévue et qui maintenant se trouvait à la tête de deux espoirs au lieu d'un seul, semblait ravi.

Il se frottait les mains, et certainement il aurait caressé Pataud, si Pataud se fût trouvé près de lui.

— Quand ces messieurs voudront... — dit-il.

— Nous voulons tout de suite.

Paul s'assit.

Dominique commença.

V

« Il y a quatre ou cinq ans, — dit le garde, — un peu plus ou un peu moins, mais pas moins de quatre et pas plus de cinq, il arriva à Maisons-Laffitte, par le chemin de fer, au mois de juin, un grand beau jeune homme, très bien mis, qui pouvait avoir de vingt-huit à trente ans.

» Il avait des cheveux très noirs, des yeux très noirs, de fines moustaches noires comme ses yeux et ses cheveux, et retroussées du bout, et avec cela un lorgnon de verre dans l'œil... enfin un élégant du premier numéro.

» Il était venu par le train de huit heures du matin, et il entra pour déjeuner chez le petit traiteur qui est à l'entrée du parc, tout de suite après le village.

» Je me rappelle cela en détail parfaitement bien, et il ne faut pas vous en étonner car vous allez voir pourquoi j'ai si bonne mémoire.

» Le jeune homme en question, tout en déjeunant avec des côtelettes et une jolie bouteille de bordeaux, dit à la bonne qui le servait qu'il avait l'intention de louer une maison de telle et de telle manière, et demanda si on pouvait lui en indiquer une.

» Justement je venais d'entrer chez le traiteur, qui est en même temps pâtissier, afin d'acheter une brioche d'un sou pour ma petite fille.

» J'étais déjà garde du parc. — On savait que je connaissais sur le bout de mon doigt, et aussi bien que notre curé sait son *Pater*, toutes les maisons de la Colonie depuis la plus petite jusqu'à la plus grande, et que personne ne pouvait donner des indications aussi parfaitement bien que moi.

» On me fit donc entrer dans la salle où déjeunait le monsieur.

» Il me questionna, et comme c'est le propriétaire du Chalet des Lilas qui m'a fait avoir ma place, naturellement ce fut celui-là que j'indiquai de préférence à toutes les autres propriétés.

» La description que j'en fis parut convenir au monsieur.

» — M'y conduiriez-vous ? — demanda-t-il.

» — Tout de même... — que je lui répondis.

» — Eh bien, je suis à vous dans un instant.

» Il appela la fille et lui donna l'ordre de me servir, à mon choix, du madère ou du rhum... — Oh ! c'était un homme de bonnes manières tout à fait...

» Aussitôt qu'il eut fini son repas, il vint dans la cuisine où j'étais en train de consommer mon madère avec des biscuits, — (j'avais choisi le madère attendu qu'on en absorbe davantage et que ça ne fait pas de mal), — et il me dit :

» — En route, mon brave...

» Nous voilà partis.

» Il examina bien le chalet et le jardin. — Je voyais que ça lui allait et qu'il était content.

» Il me demanda :

» — Combien en veut-on ?

» — Douze cents francs par an.

» Bien entendu que la maison, dans ce temps-là, n'était pas meublée.

» — Allons chez le propriétaire.

» L'affaire fut bientôt bâclée. — Le monsieur ne parla seulement pas d'obtenir une diminution. — Il ouvrit un portefeuille qui me parut bigrement bien garni, et il *allongea* sur la table un billet de mille et deux billets de cent.

» On lui remit les clefs et, en nous en allant, il me mit dans la main une pièce de vingt francs...

» Quand je vous dis que c'était un homme de bonnes manières ! !...

» Pour reconnaître sa politesse, je l'accompagnai jusqu'au chemin de fer. — Il voulait repartir pour Paris par le premier convoi qui passerait.

» Chemin faisant, et sans avoir l'air de rien, je lui demandai :

» — Monsieur est marié?

» — Oui, — me répondit-il.

» Mais, à la façon dont il me dit cela, je m'aperçus bien qu'il n'aimait point à être questionné.

» Dès le surlendemain il arriva une grande voiture de déménagement pleine de meubles, des meubles superbes !... — d'ailleurs vous les verrez, ils sont toujours là.

» J'aidai les conducteurs à décharger et à mettre en place et, tout en leur donnant un coup de main, comme j'aime à causer un moment, je les questionnai, à seule fin de savoir dans quel quartier demeurait le monsieur avant de s'installer à Maisons-Laffitte.

» Ils n'en savaient rien. — Ils avaient pris les meubles chez un tapissier. — Ils ne connaissaient même pas le nom de celui pour qui ils travaillaient. — On leur avait dit : — *Chalet des Lilas*, — et fouette cocher !

» Mon locataire arriva un peu après les meubles. — Il était tout seul, comme l'avant-veille.

» — Connaîtriez-vous, — me demanda-t-il, — une honnête fille ou une brave femme, — sachant faire la cuisine et habitant Maisons-Laffitte, que je prendrais à mon service, qui viendrait tous les matins à sept heures, s'en irait tous les soirs à huit, et coucherait chez elle?

» Je connaissais ça, — une cousine à ma femme, — une veuve qui avait été fille de cuisine chez un agent de change de Paris, sous les ordres d'un *chef*.

» Aussi je répliquai, comme de juste :

» — J'ai l'affaire de monsieur... — je lui donnerai Rosine Levillain, et je lui répondrai d'elle aussi bien que de moi...

» — C'est convenu... — Quant aux gages, elle les fixera elle-même. — Pourrait-elle commencer son service demain?...

» — Aujourd'hui, si monsieur veut.

» — Demain suffira; — qu'elle soit ici dès le matin, et qu'elle prépare un déjeuner pour deux personnes... — J'arriverai avec ma femme à dix heures... voici cent francs que je vous prie de lui donner afin qu'elle n'ait pas d'avances à faire... — et prenez ceci pour vous...

» Tout en parlant, il me glissait dans la main un nouveau louis d'or.

» Parole d'honneur, ça m'embarrassait!

» J'essayai de dire :

» — Mais, monsieur...

» Il m'interrompit :

» — Ne parlons pas de cela, — fit-il, — vous venez de me rendre un vrai service...

» Et, aussitôt que tout fut arrangé dans la maison, il repartit pour Paris.

» Ça m'étonnait bien un peu qu'un monsieur si comme il faut n'eût pas de domestiques à lui, et prît la cousine de ma femme plutôt comme femme de ménage que comme servante, puisqu'elle ne devait pas coucher chez lui... Mais, pour sûr, ce n'était point par économie, car les louis pleuvaient... — Enfin, que voulez-vous ! ces gens riches ont des manies... — Si ça leur convient de payer cher pour être mal servis, nous autres pauvres diables nous n'avons rien à y voir... »

Dominique, qui parlait avec une extrême volubilité, s'arrêta pendant une minute afin de reprendre haleine.

Je profitai de ce court instant pour approuver du geste, et avec un sérieux parfait, l'axiome si éminemment philosophique qu'il venait de formuler.

Il reprit :

« — Je savais donc que mon locataire, — je dis mon locataire parce que c'est moi qui lui avais fait louer le chalet, — devait arriver le lendemain par le train de neuf heures et demie.

» Je m'en allai d'avance à la gare, afin de l'aider, si besoin était, pour les bagages, — et, franchement, je lui devais bien ça, n'est-ce pas?...

» Et puis, s'il faut tout dire, j'avais encore une autre raison pour m'empresser tant. — J'étais curieux de voir *sa dame*, afin de juger si elle était aussi belle femme qu'il était bel homme.

» Le train arriva.

» Mon locataire descendit d'un wagon des premières avec son *épouse*, — une grande personne mince, une tournure superbe et gracieuse tout à fait. — Quant à son visage, il était caché sous un voile plus épais que le feuillage de ce marronnier, et plus sombre qu'une nuit sans lune... — Impossible de voir seulement le bout de son nez...

» Je me souviens parfaitement que j'en restai tout désappointé, comme un imbécile.

» — Ah! vous voilà, Dominique, — me dit le monsieur, — bonjour...

» — Je suis venu pour le cas où je pourrais être utile en quelque chose à monsieur.

» — Je vous remercie, mais je ne crois pas que je profite de votre bonne volonté... — Il y a beaucoup de paquets... — un employé du chemin de fer va les amener au Chalet des Lilas dans une petite voiture.

» Pendant que mon locataire s'occupait à reconnaître ses bagages, je restai près de la dame.

» Elle avait un grand châle sur son bras gauche, et elle tenait de la main droite une ombrelle et la laisse d'une superbe petite levrette blanche... — Ah! la jolie bête!...

» La levrette s'impatientait, et jappait, et tirait sur son collier de toutes ses forces, si bien que la jeune dame se trouvait dans un grand embarras, n'ayant pas les mains libres.

» — Monsieur, — me dit-elle alors d'une voix douce comme une musique, — auriez-vous la complaisance de tenir Gibby un instant...

» Gibby, c'était la chienne blanche.

» Je pris la chaînette bien vite, et la levrette, devinant rien qu'à me flairer que j'aimais les chiens, se mit à me caresser comme si elle m'avait connu toute sa vie... — Je vous dis que ces animaux-là ont un instinct de tous les diables!

» Un facteur du chemin de fer traîna dans une petite charrette les malles et les caisses, et tout le monde s'en alla vers le Chalet des Lilas, moi compris, tenant toujours le chien.

» La cousine de ma femme avait fait le déjeuner, — mais il manquait bien des choses. — On n'avait pas pensé au vin. — Je me chargeai d'en aller chercher au galop chez le traiteur. — Le monsieur me donna une pièce d'or pour payer. — J'achetai et je rapportai, dans un panier, dix bouteilles, à trente sous chacune, — ça faisait juste quinze francs. — Je voulus remettre *cinque* francs au monsieur... — il me dit :

» — Gardez cela pour votre peine...

» Ça complétait quarante-cinq francs qu'il me donnait depuis trois jours! — Croyez-vous qu'il savait vivre, celui-là?...

» Tandis que j'étais en train de remercier de mon mieux, la jeune dame entra dans la salle à manger. — Elle avait ôté son chapeau et son voile.

» Ah! messieurs, le joli visage! Quand je vivrais mille ans, je ne l'oublierais jamais!...

» Vous comprenez que je ne saurais pas vous la décrire, cette dame; d'ailleurs il y a dans la maison un dessin qui est son portrait, et très ressemblant. — Ça vous donnera une idée d'elle, mais ça ne sera pas encore comme si vous l'aviez vue... — C'était une figure si blanche et si pâle, avec des yeux comme il ne peut point en exister de pareils, et quelque chose de triste et de doux!! — enfin, de la regarder ça vous allait à l'âme, et ça vous donnait envie de vous mettre à genoux devant elle et de lui faire votre prière...

» Est-ce drôle, hein?

» Pauvre jeune dame!... elle souriait, et elle disait à son mari:

» — Mais mon ami, tout ceci est charmant... charmant...

» Et quand je pense... quand je me souviens...

» Enfin!!... — qu'est-ce que vous voulez?... —

Je suis un homme, pas vrai?... — et un solide... — Eh bien, tel que je vous le dis, ça me fait mal encore aujourd'hui... »

Dominique fit une nouvelle pause.

Sa rude figure, encadrée dans d'épais favoris fauves, avait pris une expression attendrie et mélancolique.

Il passa à deux reprises sa manche sur ses yeux.

Etait-ce pour essuyer une larme??

Je ne sais quel est l'effet produit sur vous, amis lecteurs, par les pages que vous avez sous les yeux, et si ces pages vous causent une impression analogue à celle que je ressentais en écoutant parler Dominique.

Cette impression, il faut bien que j'en convienne, était profonde, et je ne faisais d'ailleurs aucun effort pour lui résister.

Certes, le récit du garde-chasse était long, diffus, embarrassé d'une foule de menus détails insignifiants en apparence. — Un narrateur plus habile aurait pu raconter en quelques mots ce qu'il venait de délayer outre mesure.

Eh bien! tel quel, ce récit me *prenait* complètement! — Dans cette histoire si simple d'une location, d'un emménagement, d'une arrivée, il n'y avait rien encore, exactement rien, et pourtant, de même qu'on devine parfois, en regardant un ciel encore pur, l'orage qui va bientôt éclater, je voyais poindre les germes d'un immense intérêt sous la naïve et interminable phraséologie du garde.

Paul, moins habitué que moi à voir partout l'embryon d'un drame ou d'un roman, me paraissait tout aussi attentif et tout aussi intéressé que moi-même.

Dominique obtenait auprès de ses deux auditeurs un véritable succès, et certes le brave homme ne songeait guère à s'en enorgueillir.

VI

Les hurlements de Pataud avaient cessé. — Seulement de temps à autre l'honnête animal, comme pour nous rappeler qu'il n'était pas loin de nous et qu'il s'associait à nos émotions, poussait un gémissement prolongé.

— Eh bien! — dis-je à Dominique, — la suite?

— Voici, monsieur.

Et il continua.

« — Donc, mon locataire et sa jeune dame s'étaient installés, et je vous assure qu'ils menaient une vie bien tranquille et qu'il n'y avait pas grand'-chose à dire sur leur compte.

» La cousine de ma femme me racontait tout ce qui se passait au Chalet des Lilas, et j'apprenais par là qu'il ne s'y passait rien.

» D'abord, et contre la coutume générale, les nouveaux arrivés ne firent de visite à personne dans la Colonie, — et naturellement personne ne vint les voir, car, selon la civilité, c'était à eux de commencer...

» La jeune dame s'appelait *Marguerite*, — le monsieur s'appelait *Henry*.

» Il devait avoir un autre nom que celui-là, mais il ne le portait pas. — J'ai vu les bandes des journaux qu'il recevait; il y avait dessus tout simplement : *Monsieur Henry, au Chalet des Lilas, à Maisons-Laffitte.*

» Quant aux lettres, il n'en venait jamais, — il n'en est pas arrivé une seule en deux ans, — du moins à ce que m'a dit la cousine de ma femme, — et elle devrait bien le savoir, puisque c'était elle qui recevait le facteur tous les matins quand il apportait les feuilles publiques.

» Madame Marguerite passait son temps à travailler dans de la broderie, — ou à lire, — ou à soigner les fleurs du jardin. — Il venait bien un jardinier en journées, mais c'était pour nettoyer les allées et tailler les arbres. — Madame seule s'occupait des plates-bandes.

» Monsieur et madame allaient se promener quelquefois ensemble, — mais pas souvent, — dans les endroits les moins fréquentés du parc, et pour sortir madame portait toujours sur son chapeau ce même voile noir épais qu'elle avait en arrivant par le chemin de fer.

» On aurait dit qu'elle craignait de se montrer !... — Sa figure était pourtant bonne à voir; on n'en aurait pas trouvé dans la Colonie une plus belle, ni seulement une aussi belle... — et croyez ce que je vous dis..

» Vers le milieu de l'été, monsieur acheta un joli canot à la voile et à l'aviron.

» Il savait le *patiner* comme un marinier fini. — Il était gris et noir, ce canot, avec son nom, l'*Ablette*, écrit en lettres d'or à l'arrière. — Monsieur l'amarrait avec une chaîne et un cadenas à un pieu, au bas du coteau, tout en face de la maison. — Le canot n'y est plus, mais le pieu y est toujours.

» Presque tous les soirs, alors, à la tombée de la nuit, monsieur menait madame se promener sur l'eau, — et ils ne rentraient que bien tard, surtout quand il y avait de la lune.

» Monsieur prenait quelquefois le chemin de fer et s'en allait à Paris. — Madame, jamais.

» L'automne se passa, — les feuilles tombaient, — les chemins devenaient mauvais, — il y avait, les matins et les soirs, de grands brouillards sur la Seine, — Maisons-Laffitte n'est pas gai pendant l'hiver, allez ! !...

» M. Henry et madame Marguerite ne sortaient plus pour aller sur l'eau. — J'avais même aidé à mettre le canot à sec et à le porter sous le hangar d'un pêcheur dont la bicoque est sur la berge.

» Je me disais :

» Voilà le mauvais temps venu... — monsieur et madame vont s'en retourner en ville!... — et j'ajoutais : Ils sont heureux, ces gens riches! — l'été ils ont le soleil, les arbres et les fleurs, l'hiver ils se divertissent d'une autre façon... les spectacles, les danses, tout le tremblement!...

» Eh bien, pas du tout.

» M. Henry me fit venir un matin et me questionna pour savoir où il fallait s'adresser pour avoir une provision de bois.

» Je lui demandai :

» — Est-ce que monsieur reste ici cet hiver?

» Il me répondit que oui.

» Ça m'étonna, — mais ça ne me regardait pas. — Je lui fis avoir une provision de beau et bon bois, et à bon compte... — Les pièces de vingt francs allaient toujours leur train, de temps en temps.

» L'hiver finit comme il avait commencé.

» Quand le printemps fut revenu, la vie du jeune ménage recommença, pareille à celle de l'année d'avant. — On remit le canot à flot. — Madame soigna ses fleurs. — Il me semble que monsieur allait à Paris un peu plus souvent que l'autre année, — mais je n'en pourrais pas jurer, — et toujours le soir on les voyait, l'un avec l'autre, sur l'eau, et pendant que monsieur maniait les avirons la levrette Gibby aboyait à la lune.

» A quoi bon parler quand on n'a rien à dire?... Mieux vaut se taire, n'est-ce pas, messieurs?

La vérité est que je ne saurais vous rien raconter de ce qui se passa au Chalet des Lilas cet été-là et l'hiver d'après, tant c'était toujours exactement la même chose.

» La seule différence, c'est que, l'hiver arrivé, monsieur allait à Paris tous les deux ou trois jours.

» La cousine de ma femme m'a raconté aussi que madame Marguerite avait par moments l'air bien triste, qu'elle passait des journées entières assise dans son fauteuil ou à moitié couchée sur un sofa, sans rien regarder, sans travailler et sans lire, et qu'on lui voyait les yeux rouges quelquefois.

» Enfin on en arriva au printemps d'il y a deux ans... »

Dominique interrompit son récit pour nous dire :

— Vous voyez bien la grille, n'est-ce pas?

— Assurément, — répondis-je.

— Faites attention qu'elle se ferme de deux manières : — d'abord avec une serrure, et ensuite par un verrou qui est ajusté contre les volets en dedans, et qui ne peut se pousser et se tirer que depuis l'intérieur... — Voyez-vous le verrou?...

— Oui.

— C'est bon.

— Mais quel rapport?...

— Attendez un peu, vous allez comprendre tout à l'heure... — Je vous ai dit que la cousine de ma femme s'en allait tous les soirs, vers les huit heures, après avoir fini son ouvrage. — Il y avait deux clefs de la serrure de la grille, — elle en emportait une pour entrer le matin avant que monsieur et madame fussent éveillés. — Jamais on ne poussait le verrou. — Elle avait aussi une double clef de la porte de la maison.

» Un soir du mois de mai, je commençais ma ronde dans le parc, comme de coutume.

» Il était dix heures, — il faisait froid tout autant qu'en mars, — ciel nuageux, point de lune ni d'étoiles, — on n'y voyait pas plus clair que dans un four, — c'est tout au plus si je venais à bout de ne pas m'égarer, moi qui connais chaque tronc d'arbre du parc et pour ainsi dire jusqu'au moindre brin d'herbe.

» J'avais Pataud avec moi. — Nous ne nous quittons guère... — il était de deux ans plus jeune, — pauvre bête!...

» Nous arrivons, lui et moi, devant le Chalet des Lilas, à vingt-cinq ou trente pas de la grille.

» Voilà que, tout d'un coup, j'entends la levrette de madame Marguerite qui se met à crier d'une façon si plaintive et si triste que ça m'en fit de la peine.

» — Bon, — pensai-je, — cette pauvre Gibby a fait des sottises, et M. Henry la corrige... — Mais n'empêche, il faut qu'il la batte terriblement fort pour la faire crier de cette façon-là !... Une bête si petite et si délicate, c'est grand dommage !...

» Ça ne dura d'ailleurs pas plus d'une minute.

» La levrette se tut. Mais ne voilà-t-il pas que Pataud, dès que la petite chienne ne dit plus rien, commença à hurler à pleine gorge, absolument comme il hurlait quand nous sommes arrivés ici il y a un quart d'heure.

» Je me mis à rire tout seul, et je me dis :

» — Ces animaux, ça se soutient l'un l'autre, mieux que des chrétiens !... — On corrige Gibby, — Pataud crie !...

» Il est de fait que Gibby et Pataud se connaissaient et que, quand ils se rencontraient dans le parc, ils ne manquaient point de faire ensemble des parties qui n'en finissaient plus.

» J'appelai mon chien.

» Ah bien oui !... — il paraissait avoir pris racine dans cet endroit-là, et il pleurait et gémissait comme un perdu !...

» Pour en finir, je fus obligé d'attacher à son collier la bretelle de mon fusil et de le traîner après moi, car il ne voulait pas s'en aller et il hurlait comme un beau diable !...

» Rentré à la maison je l'enfermai dans son chenil, et il fit le même vacarme toute la nuit, grattant la porte à la démolir, et même que ma femme me disait :

» — Mais, mon Dieu, qu'a donc ce chien?... — Il faudrait tâcher de le faire taire... nous ne fermerons pas l'œil!!

» Mais j'avais beau crier et jurer, et claquer un fouet près de la porte du chenil... — rien n'y faisait...

» Le lendemain, sur le coup de huit heures, j'allais sortir pour ma tournée du matin, quand voici que la cousine de ma femme arrive chez nous tout effarée et tout essoufflée.

» — Dominique! — qu'elle me dit, — Dominique, mon cousin, j'ai peur!

» — Et de quoi?

» — Qu'il ne soit arrivé un malheur au Chalet des Lilas...

» Tout de suite je pensai au cri de Gibby la veille au soir et au sabbat que Pataud avait fait toute la nuit...

» Aussi, j'avais comme un frisson en demandant :

» — Un malheur, cousine? — Quel malheur?...

» — Je ne sais pas...

» — Enfin, qu'est-ce qui vous inquiète?...

» — D'abord, je n'ai pas pu ouvrir la grille...

» — Bah! Est-ce que la serrure est forcée?...

» — Pas du tout... la clef joue bien, mais on poussé le verrou dans l'intérieur.

» — Voilà qui est particulier!! — Il fallait sonner...

» — C'est ce que j'ai fait...

» — Eh bien?...

» — Eh bien, personne ne m'a répondu... — J'ai appelé... — j'ai carillonné, — j'ai tapé contre la porte pendant plus d'un quart d'heure, — rien! — et Gibby, Gibby qui aboie toujours comme une folle quand elle entend sonner, Gibby n'a pas bronché!...

» Il me vint une sueur froide à la racine des cheveux, et je me sentis si bouleversé que j'en dis une bêtise grosse comme le mont Valérien!...

» — Peut-être que monsieur et madame sont sortis et qu'ils ont emmené le chien! — m'écriai-je.

» — Et qui donc alors aurait poussé le verrou en dedans? — demanda la cousine en haussant les épaules.

» Elle me regardait comme un imbécile, et elle avait bien raison... — le fait est que j'étais inquiet à en perdre la tête...

» Je dis alors :

» — Allons-y vite, — et s'il y a quelque chose, nous verrons bien...

» Je lâchai Pataud, qui s'était un peu calmé vers le point du jour, et je me mis à courir du côté du Chalet des Lilas avec la cousine.

VII

» A mesure que nous approchions, mon chien recommençait à gémir et, quand nous fûmes arrivés devant la grille, il se remit à pousser ses hurlements enragés de la veille.

» Mon inquiétude ne diminuait point, au contraire... j'étais comme la cousine, j'avais peur... — Je frappai, — je sonnai, — j'appelai... — rien, — rien, — rien...

» La cousine et moi nous nous regardions... — nous étions pâles tous les deux.

» — Il faudrait enfoncer la grille, — me dit-elle.

» — Une grille en fer!... impossible...

» — Eh bien, passez par-dessus la palissade...

» — Ça, je le pourrais bien; mais s'il est arrivé quelque chose, comme je commence à le craindre fort, je ne veux pas être seul pour découvrir et constater le malheur...

» — Comment donc faire?

» — Prenez vos jambes à votre cou, la cousine, et allez-vous-en chercher M. le commissaire de police et un serrurier... Si vous rencontrez en route par hasard un ou deux gendarmes, amenez-les avec vous, il n'y aura peut-être pas de mal.

» Je n'avais pas encore fini de parler, que déjà la cousine s'en allait à toute vitesse du côté de Maisons.

» Figurez-vous que, dans ce moment-là, mes jambes tremblaient si fort que je ne pouvais presque pas me tenir debout ; — je fus obligé de m'asseoir sur une des bornes qui sont de chaque côté de la grille.

» Tout à coup, je sautai en l'air.

» Pendant la moitié d'une seconde j'espérai qu'il n'était rien arrivé du tout, que le verrou avait été poussé par distraction, que M. Henry et madame Marguerite venaient seulement de s'éveiller, et que la porte allait s'ouvrir.

» Un chien aboyait dans la cour et les volets de la grille s'agitaient fortement, comme s'ils avaient été poussés par derrière.

» — Hé, monsieur Henry! — criai-je, — c'est moi... moi... Dominique...

» Un hurlement du chien me répondit seul.

» Tout mon espoir s'envola. — Je venais de reconnaître la voix de Pataud...

» Plus impatient encore que moi, il avait sauté par-dessus les clôtures; il gémissait dans l'intérieur et grattait les volets de la grille comme pour m'appeler à lui.

» Je retombai sur ma borne, et je ne sais pas combien de temps se passa ainsi...

» Enfin, je vis venir à moi plusieurs personnes qui se hâtaient.

» C'étaient la cousine, le commissaire, un serrurier et un gendarme.

» Le serrurier se mit à travailler la grille avec ses outils, — mais le verrou intérieur était solide et, comme M. le commissaire ordonnait d'éviter de trop grands dégâts, on n'avançait point en besogne.

» Je proposai alors de passer par-dessus les clôtures pour aller tirer le verrou ; — mon offre fut acceptée, comme de raison, et je me mis à faire le tour de l'enclos pour tâcher de découvrir un endroit où quelque branche pendante, à laquelle je m'accrocherais, m'aiderait à escalader la palissade.

» Je ne tardai guère à trouver ce que je cherchais.

» Une fois dans l'enclos, je me coulai à travers les massifs, — tout en jetant des coups d'œil vers la maison. — Les fenêtres étaient fermées, les portes aussi; — on ne voyait rien de suspect ; —

les oiseaux chantaient, les poissons rouges sautaient dans le bassin pour attraper les petites mouches qui volaient au soleil. — C'était une matinée superbe.

» J'arrivai à la grille et j'ouvris.

» Tout le monde entra, et nous nous dirigeâmes vers la maison, le commissaire en tête.

» Le serrurier s'apprêtait à forcer la serrure de la porte du vestibule, mais rien qu'en tournant le bouton elle s'ouvrit.

» La première chose que je vis sur les dalles ce fut la levrette, étendue morte, déjà raide et la langue hors de la gueule.

» Je ramassai la pauvre Gibby, en me disant que quand je l'avais entendue crier, la veille, c'était son cri de mort qu'elle poussait!!... — Il n'y avait pas une goutte de sang sur son poil. — Elle avait été étranglée!

» — Oh! oh! — fit le commissaire, — voici qui s'annonce mal!...

» Le gendarme hochait la tête en homme qui s'y connaît, et qui sait que quand il est arrivé malheur aux bêtes dans une maison, le plus souvent aussi il est arrivé malheur aux gens.

» — Où est le salon? — demanda le commissaire.

» — Là, — répondit la cousine en ouvrant la porte.

» Dans le salon il n'y avait rien, — tout était en ordre.

» — Et la chambre à coucher?...

» — Au premier étage.

» — Passez, — dit le commissaire au gendarme, en le faisant monter le premier dans l'escalier.

» Je venais ensuite, — puis la cousine, — puis le serrurier.

» Sur le carré, le gendarme s'arrêta : — il y avait deux portes, qui étaient celles des deux chambres.

» — A droite, ou à gauche? — fit-il.

» — A droite.

» Le gendarme frappa trois petits coups contre la porte.

» Bon gendarme! — Ceux qui étaient là dormaient d'un sommeil dont rien ne pouvait les éveiller!!...

» On ne répondit pas...

» Il ouvrit...

» Mais à peine avait-il ouvert qu'il recula de deux pas, en s'écriant d'une voix sourde :

» — Ah! mon Dieu!!...

» Le commissaire recula comme lui.

» Moi, j'étais pareil à un homme ivre... Je voulais voir... — je voulais savoir... — Je me glissai entre eux et j'allongeai ma tête par l'ouverture de la porte.

» Alors je vis...

» Ah! messieurs, messieurs, quel spectacle!... — Il me semble que, rien que d'y penser, je dois être aussi blanc que le col de ma chemise... »

Je regardai Dominique.

Il ne se trompait pas, — sa pâleur était effrayante...

« — Faut être homme!... — dit-il ensuite. — Ce qui est passé est passé!... J'ai raconté tout ça bien souvent sans que ça me fasse autant d'effet, — mais je ne l'avais jamais raconté dans l'endroit même... Enfin, suffit...

» Bref, au milieu de la chambre, il y avait une grande mare de sang caillé...

» M. Henry était par terre, le dos appuyé contre le bois d'un sofa; sa tête pendait sur sa poitrine, à moitié séparée de ses épaules par un coup de couteau donné dans la gorge.

» A trois pas de lui, et tout étendue, on voyait madame Marguerite : elle avait dans le cœur le couteau qui venait de tuer son mari; le manche sortait de la plaie. — Un sillon de sang avait coulé sur sa robe de soie grise et formait comme un ruisseau jusqu'à la grande mare du milieu de la chambre.

» Ses longs cheveux noirs s'étaient défaits dans sa chute. — Ils couvraient tout le parquet autour d'elle, et ils trempaient par le bout dans le sang...

» Ses yeux ouverts étaient déjà ternes, ses lèvres violettes, sa figure avait l'air d'une figure de cire, — et, malgré cela, si belle... Tenez, je la vois... je la vois encore... »

Dominique se tut et cacha son visage dans ses deux mains; Paul et moi nous partagions son trouble, et nous respectâmes son silence qui dura quelques minutes.

— Et voilà, — dit-il ensuite brusquement, — voilà pourquoi personne, à l'heure qu'il est, ne veut louer le Chalet des Lilas.

— Ah çà ! mais... — m'écriai-je, — vous ne nous avez pas tout dit...

— Faites excuse, monsieur.

— Qu'arriva-t-il ensuite?

— Il n'arriva rien.

— Voyons, Dominique, racontez-nous les recherches faites, les enquêtes commencées par la police.

— Ça n'est pas lourd à raconter. — Le commissaire verbalisa, — (je crois bien que c'est comme ça que ça se dit), — le procureur impérial arriva avec son juge d'instruction, et la gendarmerie en masse et tout le bataclan... — On fouilla le pays, — on arrêta une demi-douzaine de vagabonds qui furent relâchés au bout d'un mois...

— Et on ne découvrit rien ?

Dominique fit claquer un de ses ongles sur sa dent.

— Pas ça ! — dit-il ensuite. — Ah, si ! je me trompe, on découvrit quelque chose ; mais ça ne fit qu'embrouiller l'affaire...

— Quoi donc ?...

— C'est que le double assassinat n'avait pas eu pour but de faciliter un vol.

— Ah ! ah !... et comment en acquit-on la certitude ?

— L'assassin ou les assassins avaient eu à leur disposition la nuit tout entière pour dévaliser la maison si ça leur avait convenu, et rien ne manquait, ni dans la boîte à l'argenterie, ni dans les tiroirs ouverts où il y avait des pièces d'or et des billets de banque ; la montre de M. Henry était toujours dans son gousset, et celle de madame Marguerite toujours à sa ceinture...

— Mais alors, le motif de ces meurtres abominables ?...

— Cherchez !... — Si vous trouvez, vous serez plus habile que ceux qui ont cherché avant vous...

— Enfin, on a fait des suppositions ?

— On en a fait cent : c'est absolument comme si on n'en avait pas fait, puisqu'elles se contredisaient toutes.

— Vous ne nous avez point expliqué par où l'assassin était entré et ressorti, puisque le verrou de la grille se trouvait en dedans...

— C'est juste... Eh bien, le gredin avait fait, à

l'avance et sur les derrières du jardin, un trou carré dans la palissade en enlevant les fils de fer et en coupant les lattes avec son couteau... Ah! il y a encore autre chose dont je ne vous ai point parlé, mais je crois bien que cela n'a aucun rapport avec l'affaire...

— Dites toujours...

— Deux semaines environ après le crime, on trouva dans la rivière le corps d'un homme : ce corps paraissait avoir séjourné sous l'eau au moins quinze jours, et il était bien défiguré. — Cependant, à sa chaîne de montre, à une bague qu'il portait au doigt et à ses boutons de chemise, il fut à peu près reconnu par les maîtres de l'hôtel du *Cheval blanc*, pour être un individu qui avait logé chez eux pendant un certain temps, et qui était parti deux jours avant le crime, en annonçant qu'il s'en allait en voyage, et qu'il ne reviendrait pas; — et encore les maîtres de l'hôtel n'auraient pu jurer de rien, vous comprenez... quand un particulier a passé si longtemps dans la rivière...

— Ce monsieur, — l'individu qui avait logé au *Cheval blanc*, — quel homme était-ce?

— Physique d'ancien militaire un peu cassé, de soixante-huit à soixante-dix ans, — le teint très brun. — Il paraissait riche.

— Et sur le noyé aucun papier?

— Pas une ligne, — seulement, dans son porte-monnaie pas mal de louis d'or. — Les deux personnes, le noyé et le voyageur, se ressemblaient beaucoup, autant du moins qu'on en pouvait juger dans l'état du corps...

— Et la justice a essayé de rattacher la découverte de ce corps à la ténébreuse affaire du Chalet des Lilas?

— Oui, monsieur, mais ça n'a abouti exactement à rien, pas plus que les recherches faites pour savoir qui étaient M. Henry et madame Marguerite...

— Ainsi, la justice est restée dans une ignorance complète à cet égard?

— Oui, monsieur : — c'est pour ça que je vous disais : — Le procureur impérial et le juge d'instruction y ont perdu leur latin!... Comme il ne se présentait pas d'héritiers, le gouvernement a fait vendre à la criée, par autorité de justice, les effets, les bijoux, le mobilier. — Personne n'en voulait, — le propriétaire du Chalet des Lilas a acheté pour presque rien tous les meubles, et il les a laissés là où il étaient... Eh bien, malgré le bon marché, l'affaire n'a pas été fameuse... Personne ne veut louer la maison. — Depuis l'assassinat, elle est restée vide; c'est pour ça, et afin de la désensorceler, que le propriétaire est décidé à la laisser à bon compte, pour un an, à celui qui consentirait à la prendre... Quand on y aura vu quelqu'un, les amateurs reviendront, et elle vaudra son prix comme avant... Maintenant vous en savez aussi long que moi... Voulez-vous visiter l'intérieur?

— Ce n'est pas la peine, — dit vivement Paul; — je ne louerai pas... je me connais... je suis nerveux... il me serait impossible de dormir dans cette chambre où tant de sang a coulé... — Si je fermais les yeux un instant, je ferais des rêves affreux... — je croirais voir ce jeune homme avec la tête à moitié séparée du corps, et cette pauvre femme étendue sur le parquet, avec un couteau planté dans le cœur... — Brrr!... allons-nous-en...

— Mon cher ami, — répliquai-je, — louez ou ne louez pas, ceci vous regarde; mais, moi, je veux voir...

— Comment, vous ne trouvez pas suffisante l'énorme dose d'émotions que nous venons d'absorber?...

— Ces émotions seraient incomplètes si, maintenant que je connais le dénouement du drame inconnu qui s'est joué ici, je n'en explorais pas le théâtre...

— A votre aise, mon cher... — je vais vous attendre...

— Vous n'entrez pas avec nous?...

— Non certes!... mon tempérament n'est pas assez fort... — Je suis déjà souffrant... si je franchissais le seuil de cette maison, je suis sûr que je tomberais malade...

J'insistai d'autant moins que le visage de Paul avait revêtu des tons verdâtres, indices irrécusables d'un malaise très réel.

— Je serai à vous avant cinq minutes, — lui dis-je en le quittant.

Et je me dirigeai avec Dominique vers le pavillon.

VIII

Dominique ouvrit la porte de la maison.

Nous pénétrâmes dans un vestibule de moyenne grandeur, pavé de dalles en pierres polies, alternativement blanches et noires, et au milieu duquel se trouvait la cage de l'escalier.

Le garde frappa du pied une des dalles.

— C'est là qu'était le corps de la pauvre petite levrette... — me dit-il.

Puis il ajouta :

— Il y a une chose qui m'a toujours étonné...

— Quelle chose ?...

— Jusqu'au moment où elle a poussé son hurlement d'agonie, Gibby n'aboyait point comme fait un chien qu'on poursuit et qui a peur...

— Que prétendez-vous conclure de cela ?

— Que la pauvre bête connaissait celui par qui

elle a été étranglée, — et cependant M. Henry et sa femme ne recevaient personne...

— En effet, — dis-je, — cela est étrange comme tout le reste, car tout est étrange et inexplicable dans cette horrible affaire... Cet assassin mystérieux qui tuait, mais sans voler, et contre lequel la levrette n'aboyait point, qui donc pouvait-il être ? Et à ce crime, qui semble avoir été commis sans motifs, quel motif inouï le poussait ?...

— Ah ! monsieur, — murmura le garde, — quand vous vous serez demandé cela aussi souvent que je me le suis demandé moi-même, vous aurez sur la tête plus de cheveux gris que vous n'en avez... — Voici le salon, — dit-il ensuite, en tournant le bouton d'une porte.

J'entrai.

Ce salon était décoré simplement, mais avec goût. — Les causeuses larges et les dormeuses profondes étaient capitonnées et recouvertes d'une charmante étoffe perse, d'un gris pâle, avec des bouquets de roses, de lilas et de chèvrefeuille.

Sur la cheminée se voyait une jolie pendule Louis XIV, deux candélabres du même style et deux cornets du Japon.

Un meuble de Boulle faisait face à un piano d'ébène, incrusté de cuivre.

La table du milieu avait un tapis turc aux couleurs éclatantes.

Une lanterne chinoise pendait à la rosace du plafond.

Contre les murs étaient accrochées cinq ou six grandes aquarelles, largement et spirituellement peintes, mais non signées.

La touche de ces aquarelles rappelait de loin celle de Decamps.

Tout enfin, dans ce salon, paraissait jeune et plein de gaieté malgré la couche de poussière qui recouvrait les meubles.

Je ne donnai qu'un coup d'œil à la salle à manger voisine ; — la table, — les étagères, — les chaises, étaient en bois noir sculpté.

Il y avait là quatre études de chevaux, à l'huile, presque aussi belles que les peintures d'Alfred de Dreux, et évidemment de la même main que les aquarelles du salon..

— Montons au premier étage — dis-je à Dominique.

Une minute après, — et non sans une sorte de bizarre trépidation intérieure, — je franchissais le seuil de la chambre à coucher dans laquelle s'était joué le dernier acte de la tragédie dont le prologue et les péripéties s'enveloppaient d'une impénétrable obscurité.

Depuis les deux fenêtres de cette chambre, on découvrait le riant paysage dont j'ai parlé.

Le regard, franchissant la pelouse, les clôtures et

la grille, allait se reposer sur la pente douce du coteau qui s'abaissait vers la Seine, sur les pairies de l'autre rive, et sur les collines bordant l'horizon.

Par ces deux larges ouvertures la lumière entrait à flots, mettant en relief les moindres détails du mobilier.

Mon premier mouvement fut d'aller jusqu'au milieu de la chambre et de me pencher vers le parquet.

— Ah! — murmura Dominique, — on a raboté, on a lavé, — on a ciré, — ça n'empêche pas qu'on voit toujours quelque chose... Pour que toute trace disparaisse, il faudrait changer les planches...

En effet, sous l'encaustique brillant qui recouvrait le parquet de chêne, on distinguait une large zone arrondie, d'une teinte un peu plus foncée que le reste.

— Voyez-vous, monsieur, — reprit le garde, — le sang sur du bois, c'est comme un remords dans une conscience : — on a beau faire, ça tient toujours...

Dominique me montra dans l'un des angles une sorte de petit tête-à-tête très bas.

— Tenez, monsieur, — me dit-il, — c'est là contre que M. Henry avait le dos appuyé quand j'entrai dans la chambre le matin...

Tout frissonnant, et pour éloigner de ma pensée

les souvenirs de cette boucherie humaine, je forçai mon attention à se fixer sur l'ornementation de la pièce.

La tenture, évidemment posée par les soins de M. Henry, était à coup sûr, emblématique.

C'était une toile perse à fond presque blanc, semé de nombreux bouquets exclusivement composés de *marguerites*, et noués avec des rubans bleus formant des lacs d'amour.

Une idée subite me traversa l'esprit.

— Dominique, — demandai-je, — ces messieurs du parquet ont-ils fait attention à cette tenture?...

— Qu'est-ce que monsieur appelle *tenture?*

— La toile qui couvre ces murs.

— Ils ne l'ont pas seulement regardée...

— Ils ont eu tort, car cette toile fournissait peut-être un moyen de savoir quel était ce M. Henry, — et, une fois qu'on aurait été fixé à cet égard, en quinze jours, et sans doute en moins encore, on aurait connu l'assassin...

Dominique me regardait fixement pour tâcher de comprendre ce que je voulais dire, mais il était facile de voir qu'il n'en venait point à bout.

Je m'expliquai.

— Madame Henry s'appelait *Marguerite*, n'est-ce pas?

— Oui, monsieur.

Je touchai du bout du doigt un des bouquets de la tenture.

— Connaissez-vous ces fleurs ?

— Pardieu, oui.

— Comment les nommez-vous?

— Des *marguerites.*

— Il est clair pour moi que M. Henry, amoureux comme il devait l'être de sa jolie compagne, a choisi, ou même commandé cette étoffe, parce qu'elle répétait en cent endroits le nom de sa femme...

— Tiens ! tiens ! tiens ! je n'avais jamais pensé à cela, moi ! — s'écria Dominique.

Je poursuivis :

— Or, ce dessin est assez original et assez rare pour qu'on retrouve facilement dans Paris le marchand qui a fabriqué ou qui a vendu cette toile. — Ce marchand, retrouvé, désignera l'endroit où il a fait la livraison de sa marchandise. — On ira dans cet endroit. — On suivra ainsi pas à pas dans le passé la trace de M. Henry, comme un chien de chasse suit la voie d'un lièvre, et, une fois qu'on aura reconstruit l'existence antérieure du malheureux jeune homme, on saura à qui il a pu inspirer des pensées de haine et de vengeance, et l'on arrivera tout droit à l'auteur d'un assassinat dont la haine et la vengeance ont été les seuls mobiles !

En disant ce qui précède, je m'étais animé, je m'étais convaincu moi-même.

Dominique m'écoutait avec une admiration manifeste, que d'ailleurs il ne cherchait point à dissimuler.

Peut-être bien, dans son for intérieur, se disait-il que je devais être le chef de la police de sûreté.

Je poursuivis mon examen.

Le lit et tous les sièges étaient recouverts d'une étoffe pareille à celle de la tenture.

L'armoire à glace et les petits meubles en chêne sculpté offraient une richesse élégante et décelaient les goûts artistiques de ceux qui s'en étaient entourés.

Les vases en vieux céladon craquelé, placés de chaque côté d'une pendule de Boulle, avaient une assez grande valeur.

— Mais, — dis-je à Dominique, — vous m'avez parlé d'un portrait, — je ne le vois pas.

— Il se trouve dans la chambre où madame Marguerite se tenait le plus souvent.

— Et où est cette chambre ?

— A côté de celle où nous sommes...

Dominique m'en ouvrit la porte et je pénétrai dans une sorte de charmant boudoir rempli de ces mille petits objets d'art, de ces élégantes superfluités que les femmes aiment à rassembler autour d'elles.

Je ne regardai qu'à peine, dans ce moment,

toutes ces choses, qui cependant méritaient un examen spécial, et j'allai droit à un cadre ovale suspendu contre la muraille recouverte d'un papier grenat.

Ce cadre renfermait un portrait dont l'effet saisissant était obtenu par les procédés les plus complexes, car l'artiste avait employé tout à la fois pour l'exécution, le crayon, le pastel, l'aquarelle et la gouache.

Je m'arrêtai longtemps devant ce portrait, absorbé dans une muette extase.

— « *Quand on regardait madame Marguerite,* — avait dit le garde, — *on se sentait l'envie de se mettre à genoux devant elle et de lui faire sa prière...* »

Cette forme naïve de langage cachait une pensée profonde et vraie.

Le visage reproduit par la peinture offrait, en effet, dans la coupe incomparablement pure de ses traits, et surtout dans son expression, quelque chose de plus qu'humain.

Ce front si jeune et si chaste, couronné de cheveux noirs splendides, semblait appeler une auréole.

La bouche avait un doux et triste sourire qui n'était point celui des femmes de la terre.

Les yeux surtout, les yeux dont la prunelle d'un bleu sombre offrait les teintes de la mer quand elle reflète dans ses eaux calmes le profond azur du ciel d'Italie, paraissaient fixer leurs regards rêveurs vers une autre patrie.

Involontairement ce regard faisait penser à la *Mignon* de Gœthe, incarnée sous le pinceau d'Ary Scheffer.

— Pauvre femme! pauvre femme! — murmurai-je en sssuyant une larme involontaire.

— N'est-ce pas, monsieur, — me dit Dominique, — n'est-ce pas qu'elle était belle?

— Plus que belle! — répondis-je. — Ceci n'est point la tête d'une femme, c'est la tête d'un ange.

— Ah! c'est qu'elle était bonne comme un ange, la chère dame!! — Pendant tout le temps que la cousine de ma femme est restée à son service, elle ne lui a jamais dit un mot plus haut que l'autre...

Je repris :

— Et c'est dans cette pièce qu'elle se tenait habituellement?

— Oui, monsieur, — là, près de la fenêtre, — assise sur cette grande chaise longue que voici... — Quand il faisait chaud, et que la fenêtre était ouverte, quelquefois Gibby se couchait sur le rebord extérieur, tout de son long, la tête sur ses pattes... — Si je passais au revers du coteau, avec mon chien, faisant ma ronde, Gibby nous reconnaissait tous les deux, Pataud et moi; — alors elle se mettait à aboyer en frétillant la queue. — Madame Marguerite levait la tête de dessus sa broderie ou son livre. — Je la saluais, — elle me faisait un petit signe pour me dire bonjour... — ça me faisait plaisir. — Croiriez-vous que j'aimais presque autant recevoir un sourire de madame Marguerite qu'une pièce ronde de M. Henry !...

— Et vous dites que pendant la dernière année elle avait l'air triste ?

— Oui, monsieur, bien souvent, la pauvre dame... Tenez, un jour, je devais aller à l'affût avec un des gardes de la forêt de Saint-Germain. — Je vins demander à madame si elle voulait des lapins de garenne pour le lendemain... — J'avais rencontré M. Henry, qui courait au chemin de fer pour prendre le convoi filant sur Paris. — La cousine me fit monter. — Madame était là où nous sommes, assise devant ce petit bureau tout ouvert... — elle écrivait, non pas une lettre, mais sur un cahier de papier blanc... — elle se tourna vers moi en souriant, mais elle avait les yeux rouges, et il était facile de voir qu'elle venait de pleurer.

Machinalement, je regardai le meuble que Dominique désignait par ces mots : — *un petit bureau.*

IX

C'était une sorte de secrétaire, fort ancien et d'un curieux travail de marqueterie, — en bois de rose, — avec des garnitures de cuivre ciselé et doré du modèle le plus élégant.

A coup sûr ce joli meuble devrait porter, dans quelqu'un de ses recoins, la signature de Riesener, cette signature si chère aux amateurs de meubles-bibelots.

— Est-ce que vous croyez que M. Henry rendait sa femme malheureuse? — demandai-je.

— Oh! pour ça, non, monsieur... — M. Henry n'avait pas pour deux liards de méchanceté, et c'était un homme de bonnes manières tout à fait. — Je crois qu'il ne cherchait point à faire du chagrin à madame Marguerite, bien loin de là, mais qu'il la laissait un peu trop souvent toute seule, et une femme seule, naturellement, ça s'ennuie...

— Dominique, combien louait-on cette maison avant l'événement?

— Douze cents francs par an, pas meublée.

— Et vous êtes sûr qu'aujourd'hui le propriétaire la laisserait telle qu'elle est pour cinq cents?

— Ah ! je le crois bien, que j'en suis sûr, et qu'il serait joliment content, encore.

— Eh bien, je la prends pour cette année et pour ce prix.

— Pas possible!

— Non seulement c'est possible, mais c'est certain.

Et comme je tenais à passer, moi aussi, aux yeux de Dominique pour *un homme de bonnes manières*, je lui tendis un louis en disant :

— Et puisque c'est vous qui êtes chargé de la location, voici mon denier à Dieu.

Dominique salua.

— Je donnerai toutes les clefs à monsieur en sortant, — fit-il. — Faudra-t-il nettoyer le jardin?

— Non, je tiens à ce qu'il reste tel qu'il est.

— Si c'est l'idée de monsieur... monsieur est bien le maître d'avoir pour son argent un jardin en mauvais état.

Je jetai un dernier regard au portrait de Marguerite, et nous redescendîmes.

— Sapristi! — s'écria Paul. — Vous y avez mis le temps, mon cher ami. Savez-vous qu'il est six heures?... Je meurs de faim, et j'aurai mal à l'estomac au moins toute une semaine!...

— Nous allons dîner chez le restaurateur de l'avenue. Maintenant, je suis bien aise de vous dire qu'ici, mon cher Paul, vous êtes chez moi, et que je vous y offre l'hospitalité, si vous le désirez, pour tout l'été.

— Vous avez loué? — s'écria Paul.

— Parfaitement.

— Bah!...

— C'est comme ça.

— Eh bien, mon cher ami, je vous remercie de votre offre, mais je n'en profiterai pas... — J'irai demain chercher un logement à Saint-Germain.

— A votre aise!

Nous dînâmes, et une heure après nous montions dans un train qui nous ramenait vers Paris.

Pendant toute la durée du dîner mon ami Paul, dans un but d'hygiène et afin de ne point troubler son appétit par des pensées tristes, s'était abstenu de prononcer une seule parole qui eût trait à la sinistre histoire que Dominique nous avait racontée.

Mais une fois que nous fûmes installés dans notre compartiment, et roulant sur la voie ferrée, les mêmes raisons de silence n'existant plus Paul me dit :

— Ah çà ! c'était une plaisanterie, n'est-ce pas?

— Quoi donc?

— Vos projets sur le Chalet des Lilas.

— Mais non, mon cher, pas le moins du monde.

— Sérieusement, vous avez loué?

— Très sérieusement.

— Vous m'en voyez stupéfait!

— Et pourquoi cela, je vous prie?

— Pour toutes sortes de raisons.

— Lesquelles?

— D'abord, pas plus tard que ce matin, vous n'aviez nullement l'intention de venir habiter Maisons-Laffitte.

— Et cette intention ne m'est point venue.

— Vous n'habiterez pas?

— Non.

— Mais, alors, pourquoi avez-vous loué?

— Parce que j'avais besoin que le Chalet des Lilas fût à ma disposition pour un projet que je médite.

— Peut-on connaître ce projet?

— Très bien. — Il me semble que le dernier mot n'a pas été dit dans la terrible affaire du double assassinat d'Henry et de Marguerite.

— Et vous voulez trouver ce dernier mot?

— Je veux du moins le chercher.

— Ainsi vous allez, tout simplement, recommencer pour votre propre compte, et en manière de distraction, l'instruction criminelle qui n'a pas abouti?

— Je n'ai point qualité pour recommencer, comme vous le dites, *une instruction criminelle*, — je n'ai pas non plus à ma disposition les ressources nécessaires. — Mon ambition, d'ailleurs, est plus modeste. — Je désire essayer de porter la lumière sur certains faits qu'on a laissés dans une obscurité complète, et je ne désespère point d'en venir à bout.

— Et comment diable comptez-vous faire pour vous retrouver dans ce dédale où la justice a perdu sa peine et ses pas?

— Voulez-vous me permettre de me servir, pour rendre ma pensée, d'une comparaison excessivement prétentieuse?

— Oui, oui, faites...

— Eh bien, le classique labyrinthe était, lui aussi, un inextricable dédale. Un homme jeté au hasard parmi ses méandres était perdu sans ressources... — Mais supposez un fil conducteur, et admettez que l'homme égaré rencontrât sous ses doigts le bout de ce fil, il n'avait plus qu'à se laisser guider par le peloton sauveur, — toute difficulté s'aplanissait sur-le-champ devant lui, — le labyrinthe devenait une grande route.

— Oui, certes, mais votre comparaison pèche par la base.

— En quoi?

— Vous m'avez fait admettre le fil conducteur, le fil d'Ariane, et dans l'affaire du Chalet des Lilas, ce fil manque.

— En êtes-vous sûr?...

— Existerait-il, par hasard?

— Je le crois.

— Et vous le tenez?

— Je l'espère...

— Ah! diable!... Vous êtes un habile homme, dans ce cas, et je suis forcé de convenir que les romanciers seraient de jolis juges d'instruction!

— Je n'en ai jamais douté.

— Enfin, je vous souhaite bonne chance dans vos recherches, et beaucoup de plaisir. — Mais que vous deviez ou non arriver à un résultat, je ne comprends guère, je l'avoue, le motif qui vous fait agir...

— Expliquez-vous...

— C'est facile. — On a tué Henry et Marguerite; — c'est un malheur, — un grand malheur, — un crime affreux, — mais cela ne vous touche en rien...

— Ceci est tout à fait juste.

— On a cherché les meurtriers, — on ne les a pas trouvés. — Tant pis, car enfin, pour parler comme un réquisitoire, il est déplorable que la société reste désarmée en face de l'abominable forfait, et que la vindicte publique ne soit point satisfaite, mais ceci est surtout vrai en thèse générale. Quant à ce qui vous concerne personnellement, vous ne connaissiez en aucune façon les deux victimes ; — elles ne sont point vengées, qu'est-ce que ça vous fait ?

Je restai pendant une ou deux secondes sans répondre.

Paul continua vivement :

— Tous les jours, mon cher ami, vous pouvez lire dans la *Gazette des Tribunaux* des récits de crimes hideux dont les auteurs restent inconnus. — Cela ne vous émeut cependant que dans des limites fort raisonnables, et vous n'enfourchez point votre cheval, vous ne revêtez pas votre armure de bataille, pour courir comme un vrai chevalier errant après des bandits inconnus ! !

L'idée de Paul me parut originale.

Je me mis à rire.

— Rire n'est pas répondre ! — fit-il.

— Je suis de votre avis, — répliquai-je, — et non seulement pour cela, mais encore pour tout ce que vous venez de dire... — Vos raisonnements sont logiques et inattaquables. Je ne veux pas les combattre, je ne le pourrais pas.

— Alors, vous convenez que vous allez vous embarquer sans raisons sérieuses dans une entreprise ardue ?...

— Oui, pardieu ! j'en conviens. — Vous avez

parlé tout à l'heure des chevaliers errants... — Eh! mon cher ami, leurs traces sont bonnes à suivre... — Cervantes, un homme du génie, a voulu les ridiculiser à tout jamais dans son *Don Quichotte...* — il a complètement échoué... — Don Quichotte est un fou sublime et non pas un grotesque!...

— Ceci, mon cher, est excellent à dire et peut-être à imprimer, mais ne prouve rien...

— Tant mieux, car je ne veux rien prouver... — Je suis guidé par un sentiment, et non point par un calcul... Ce sentiment, donnez-lui le nom qui vous conviendra... appelez-le *curiosité* si vous voulez, — je ratifierai tout... mais je n'en irai pas moins en avant... — J'ai inventé si souvent des conclusions de romans et des dénouements de drames, que je suis bien aise d'aller au fond de cette tragédie jouée sans coulisses, sans rampe, sans souffleur, et dont nous connaissons le sanglant épilogue!... Au moins une fois dans ma vie j'aurai fouillé dans un drame réel...

— Faites donc, puisque vous le voulez absolument, et promettez-moi de me tenir au courant de vos découvertes...

— J'en prends bien volontiers l'engagement...

Le train entrait en ce moment dans la gare de Paris.

Paul et moi nous échangeâmes une dernière poignée de main, et nous nous séparâmes.

Étonnerai-je beaucoup mes lecteurs en leur disant que dès le lendemain, par le premier convoi, je retournais à Maisons-Laffitte?...

J'entrai seul dans le Chalet des Lilas dont le garde, la veille, m'avait remis les clefs, et je contemplai de nouveau longuement et avec un étrange et religieux respect, le portrait exquis de Marguerite.

Cette contemplation raviva mon ardeur, et plus que jamais m'affermit dans la résolution de faire tout au monde pour découvrir la vérité sous les ténèbres épaisses qui l'enveloppaient.

Ma course matinale, d'ailleurs, avait un but.

Je m'étais muni d'un canif extrêmement tranchant. — J'écartai le lit de la muraille et, dans un endroit où les rideaux cachaient la tenture, je détachai un carré de l'étoffe aux bouquets de marguerites. — Ce carré était petit, mais il indiquait l'ensemble du dessin d'une façon suffisante.

Je serrai dans mon porte-monnaie le résultat de ce vol innocent, et je repris le chemin de Paris.

J'avais souvent entendu parler d'un magasin de la rue Vivienne dont la spécialité est d'*assortir* les étoffes anciennes et nouvelles. — Les commis de ce magasin sont des explorateurs intrépides. — Vous leur donnez un échantillon du tissu que vous désirez, et avant trois jours, n'existât-il qu'un mètre de ce tissu dans Paris, ce mètre est chez vous.

Un de ces actifs et intelligents employés reçut de mes mains le morceau de toile perse, avec mission de découvrir d'où provenait cette toile, — et il me promit une réponse pour le surlendemain, entre midi et midi et demi.

Au jour et à l'heure convenus, mon domestique introduisit le commis dans mon cabinet de travail.

— Mauvais résultat, monsieur, — me dit-il, — la toile perse dont voici l'échantillon a été exécutée sur commande, d'après un dessin donné. — Il n'en a été fait qu'un très petit nombre de mètres, et la totalité a été prise par la personne qui avait fourni le dessin, il y a de cela cinq ans. En ce moment vous n'en trouveriez pas dans Paris un centimètre, fussiez-vous décidé à le payer mille écus. — Mais, si vous le désirez, on peut en quelques semaines vous fabriquer une perse identiquement semblable.

Ce que l'employé regardait comme un résultat mauvais, était au contraire pour moi un résultat brillant, inespéré, inouï.

Du premier coup mes recherches se trouvaient incroyablement simplifiées et, sans aucun doute, elles allaient aboutir à quelque découverte importante.

— Ainsi, — demandai-je au commis, — cette étoffe a été reconnue par le fabricant qui l'a fournie?

— Oui, monsieur.

— Donnez-moi le nom de ce fabricant, s'il vous plaît...

— Le voici.

Et le commis, prenant dans son portefeuille une carte, me la présenta.

Une heure après, j'étais chez l'industriel désigné.

X

Selon l'habitude invariable de presque tous les marchands de Paris, il mit à me répondre la plus grande complaisance.

Les livres furent compulsés, et il ressortit de leur examen que la toile perse illustrée de bouquets de marguerites avait été commandée par un M. *Henry Varner*, et livrée chez lui, rue de Provence, n° 9, à une époque indiquée d'une façon précise, et qui se trouvait concorder avec l'arrivée du jeune ménage à Maisons-Laffitte.

Ainsi donc je ne m'étais pas trompé, je tenais entre mes mains l'extrémité du fil conducteur.

Pendant quelques instants j'eus la crainte de le voir se briser presque aussitôt entre mes mains.

Je courus au n° 9 de la rue de Provence et j'interrogeai les concierges.

Hélas! ils n'étaient là que depuis quatre ans. — ils ignoraient tout ce qui s'était passé dans la maison avant cette époque. — Ils ne savaient même pas le nom de leurs prédécesseurs dans les prérogatives du cordon.

Il me fallut recourir au propriétaire.

Nouveau déboire !...

Il y avait juste quatre ans et demi que la maison avait changé de maître!...

J'allai chez le précédent propriétaire.

Il était mort!

Le hasard, qui d'abord avait paru vouloir me favoriser, se tournait maintenant contre moi d'une façon évidente.

Je ne me décourageai point.

A force de recherches je parvins à découvrir, dans la rue des Fossés-Saint-Victor où ils tenaient une petite maison garnie, les ci-devant seigneurs et maîtres de la loge du n° 9.

C'étaient de bonnes gens, à qui les étrennes de leurs anciens locataires avaient procuré une sorte d'aisance, ou du moins les moyens de se créer une industrie.

Et cependant, voyez un peu jusqu'où l'amour-propre va se nicher! — Les époux Taupier (tel était leur nom) se sentaient humiliés par toute chose leur rappelant l'ancienne profession qui les avait enrichis !...

Ces honorables *logeurs à la nuit* rougissaient d'avoir été concierges !... *Oh!... vanité des vanités!... et tout est vanité!*

Je fus donc reçu avec une grâce infiniment médiocre quand je vins interroger les époux Taupier et les prier de chercher dans leurs souvenirs ce qu'ils y trouveraient de relatif à M. Henry Varner, ex-habitant du n° 9 de la rue de Provence.

Mais chacun sait qu'avec un gâteau de miel on apprivoisa Cerberus lui-même.

J'employai un procédé analogue, — et je m'en trouvai bien.

Les ex-concierges me firent de leur ci-devant locataire un portrait qui s'accordait merveilleusement avec la description de Dominique.

Le *Henry Varner* du n° 9 de la rue de Provence et le jeune inconnu de Maisons-Laffitte étaient du même âge, — grands tous les deux, — également minces, — également bruns, — avec de soyeuses moustaches noires.

Enfin, l'un comme l'autre s'appelaient *Henry*.

Seulement M. Varner, à l'époque où il avait habité la rue de Provence n'était pas marié.

Ma conversation avec les époux Taupier fut longue. — A mesure que revenaient en foule leurs souvenirs, réveillés par mes questions, je prenais des notes.

Le résultat de mes investigations doit trouver place dans la suite de ce récit, — mais il importe de dire dès à présent à mes lecteurs que M. Henry Varner, parti pour un long voyage deux ans avant l'époque de son déménagement, avait laissé pendant dix-huit mois son appartement à la garde de ses concierges et, au bout de ce temps, n'avait guère reparu dans la maison qu'une dizaine de fois, pour y recevoir livraison d'objets commandés par lui, et en réalité ne l'habitant plus jusqu'au jour où il avait fait enlever son mobilier par un tapissier.

— Ainsi, — demandai-je, — M. Varner, revenu d'un voyage, aurait passé quelques mois à Paris dans un autre appartement que celui qu'il occupait dans votre maison ?...

— Il le faut bien, puisque, à dater du moment où nous avons eu connaissance de son retour, il n'a pas couché une seule fois dans son logement.

— Et qu'avez-vous supposé ?...

— Pardine, tout naturellement qu'il y avait par là-dessous quelque histoire de femme.

— Mais vous n'avez jamais vu de femme avec M. Henry ?

Les époux Taupier se mirent à rire bruyamment.

— Oh ! faites excuse, monsieur, — me répondit la

plus belle moitié de ce couple, — nous en avons vu... et beaucoup... et souvent... et de toutes les couleurs...

— Depuis le retour de M. Henry?...

— Non... non... — avant son départ... — Depuis, quand il venait à la maison, et ça n'était pas fréquent, il venait toujours seul...

En outre de ce que j'avais appris directement des logeurs de la rue des Fossés-Saint-Victor, je trouvais, dans les notes fournies par eux, de nombreux jalons qui pouvaient me diriger et devaient m'être d'une très grande utilité pour mes recherches ultérieures.

C'est ce qui ne manqua pas d'arriver.

Après quelques semaines consacrées par moi à explorer le passé d'Henry Varner, j'arrivai à une connaissance, sinon bien approfondie du moins suffisante, de la position sociale, des habitudes, du caractère et des relations de celui qui me préoccupait si fort.

Seulement, je le perdais de vue au moment de son départ pour le voyage de dix-huit mois qui avait précédé son installation à Maisons-Laffitte; — après son retour à Paris je ne retrouvais pas sa trace, et enfin je ne rencontrais aucun indice relatif à une personne qui me semblait bien autrement intéressante qu'Henry Varner. — Je veux parler de Marguerite.

Toutes mes recherches à l'égard de cette dernière n'avaient abouti à rien, — exactement à rien.

Le découragement s'emparait de moi ; — je commençais à me dire que je m'étais embarqué dans une entreprise au-dessus de mes forces, — et néanmoins je me résignais difficilement à m'avouer vaincu, et à renoncer à l'idée de découvrir un jour le mot de la sombre et fatale énigme que je poursuivais.

Il est vraisemblable pourtant que, de guerre lasse, j'allais abandonner cette tâche impossible, dire adieu à cette solution vainement pourchassée, devenue pour moi un cauchemar, et qui depuis longtemps déjà me détournait de tout travail sérieux, de toute occupation régulière.

Et voilà qu'au moment où je ne la cherchais plus, où je ne l'espérais plus, — la solution vient à moi!

Voici comment :

J'étais allé passer une après-midi à Maisons-Laffitte.

Je voulais dire adieu à ce beau portrait devant lequel j'avais si souvent rêvé, et que je me sentais décidé à ne plus revoir.

Assis en face de ce visage idéal, je songeais, — tout en le contemplant, — à l'étrangeté des destinées humaines... — je songeais à cette jeune femme dont l'heure suprême avait sonné sitôt! je songeais à cette tombe qui gardait un secret de sang!

Et j'interrogeais du regard les regards de la muette image... — Il me semblait que ses yeux allaient s'animer, — il me semblait que ses lèvres immobiles allaient s'entr'ouvrir et murmurer à mon oreille le dernier mot du secret tant cherché.

Un souvenir traversa soudain mon esprit.

Je me rappelai quelques paroles prononcées par Dominique, le jour où, pour la première fois, j'avais visité en sa compagnie l'intérieur du Chalet des Lilas.

Dominique m'avait dit :

— Madame était là où nous sommes, assise devant ce petit bureau tout ouvert; — elle écrivait *non pas une lettre, mais sur un cahier de papier blanc...* — elle se retourna, et je vis bien qu'elle avait les yeux rouges et qu'elle venait de pleurer.

Ces mots : — *non pas une lettre, mais sur un cahier de papier blanc*, — se dessinèrent dans mon esprit en caractères de feu, et me parurent contenir toute une révélation.

Marguerite était triste jusqu'au désespoir, ses larmes éloquentes l'attestaient, — et pourtant elle écrivait, — et ce qu'elle écrivait n'était pas une lettre.

Qu'était-ce donc?

Pour moi ceci ne faisait même pas question.

Evidemment, à l'exemple de tant d'autres jeunes femmes, — Marguerite confiait au papier ses chagrins, ses peines, ses douleurs...

Marguerite n'ayant pas une amie à qui elle pût ouvrir son âme et dévoiler les blessures de son cœur, trouvait une sorte d'amère consolation à écrire des pages que personne ne lirait jamais.

Ces pages, Marguerite devait les soustraire aux regards d'Henry, de celui qui faisait couler ses pleurs.

Elle les cachait donc.

Surprise à l'improviste par la mort, elle n'avait pu détruire les manuscrits qui renfermaient une part de sa vie.

Ces manuscrits, à coup sûr, devaient exister encore.

Mais où?

Mes yeux s'arrêtèrent sur le petit secrétaire en bois de rose, et il me parut probable que ce meuble renfermait la cachette de Marguerite.

Je l'ouvris aussitôt, — j'enlevai tous les tiroirs, — j'examinai les jointures du bois avec l'attention d'un agent de police anglais flairant un nid de fausses banck-notes.

Un résultat prompt et décisif couronna cette exploration.

Je découvris sur l'une des parois du meuble une

sorte de défaut semblable à ces nœuds qui se rencontrent dans le bois.

A tout hasard j'appuyai mon doigt sur ce nœud et, à ma grande joie, je le sentis céder sous la pression.

En même temps j'entendis le craquement sec d'un ressort qui se détendait; — un mince panneau, revêtu d'élégantes incrustations, glissa dans des coulisses invisibles.

Le secrétaire avait un double fond, — et plusieurs cahiers, de la grandeur d'un volume in-octavo, remplissaient ce double fond.

Avec quel battement de cœur je m'emparai de ces papiers qui pouvaient être d'une si capitale importance pour le résultat de mes recherches!

L'adolescent timide et tendre qui, pour la première fois de sa vie, brise le cachet parfumé d'une lettre d'amour, n'est guère plus ému, je crois, que je ne l'étais en ce moment.

Un rapide regard jeté sur les objets découverts m'apprit que mes plus ambitieuses espérances se trouvaient dépassées.

Chacun des cahiers était couvert des lignes serrées d'une petite écriture élégante et fine, et leur ensemble volumineux constituait les mémoires autobiographiques, ou plutôt les *souvenirs* de la vie entière de celle par qui ils avaient été remplis.

J'emportai à Paris mon précieux butin, et je passai la nuit à dévorer ces pages dont l'intérêt me sembla prodigieux.

A mesure que j'avançais dans ma lecture, les ténèbres épaissies autour d'Henry et de Marguerite se dissipaient, comme s'envolent les brumes du matin sous les premiers rayons du soleil.

Quand j'eus achevé ma lecture, la tragédie du Chalet des Lilas n'avait plus de secrets pour moi. — Je connaissais les motifs du crime ; — je savais le nom du meurtrier.

Je pourrais publier ces *souvenirs* de Marguerite sans y rien changer, — sans en retrancher une seule ligne ; — mais il me faudrait les compléter sans cesse en y joignant ce que mes investigations précédentes m'avaient appris au sujet d'Henry Varner et des autres personnages de ce livre.

La clarté et surtout la rapidité du récit en souffriraient.

Pour cette raison, — et pour quelques autres, — je préfère garder ici ma place de narrateur véridique, et raconter moi-même le prologue et les péripéties du drame dont on a lu le dénouement.

C'est ce que je vais faire.

Un mot encore avant d'entrer en matière.

Il est évidemment de nombreux détails au sujet desquels les *souvenirs* de Marguerite ne pouvaient me renseigner.

Si l'on me demande comment je les connais, je répondrai ceci : — Je ne les connais pas, mais je les devine ; je procède par induction, ainsi qu'Edgard Poë dans ses récits célèbres, et je garde la ferme croyance que le romancier, en prenant par instants la place de l'historien, n'en demeure pas moins dans la vérité absolue.

FIN DU PROLOGUE

PREMIÈRE PARTIE

I

Nous prions nos lecteurs de remonter avec nous jusqu'à l'année 1851, et de nous accompagner à Vesoul, chef-lieu du département de la Haute-Saône.

Nous avons si peu d'envie de nous lancer, à propos de cette petite ville, dans de pittoresques descriptions, que nous allons en dire ni plus ni moins que les cours de géographie à l'usage de la jeunesse studieuse, et en particulier la *France illustrée* de Malte-Brun.

« Vesoul, — siège d'une préfecture, d'un tribunal de première instance, d'une société d'agriculture, d'un collège communal, d'une école normale préparatoire et d'une école secondaire ecclésiastique, était autrefois une des deux principales villes

6.

du bailliage d'Amont, avec présidial, prévôté, recette, maîtrise particulière, chapitre fondé d'abord à Calmoutier au onzième siècle, transféré à Vesoul au seizième, et uni à son église par une bulle du pape Alexandre VII, en 1658, — dépendait du diocèse, du parlement et de l'intendance de Besançon.

» Cette ville, dont la population est de 6,625 habitants, est située sur la rivière le Durgeon, dans un bassin d'une grande fertilité où coulent deux petites rivières qui y réunissent leurs eaux, et dont les limites sont dessinées par une ceinture de collines peu élevées, sur lesquelles s'étagent de riches vignobles.

» Elle est dominée par une montagne conique qu'on appelle *la Motte de Vesoul*, et dont les flancs, quoique escarpés, sont cependant couverts de vignes et de pâturages.

» De son sommet, le regard embrasse un panorama aussi vaste qu'intéressant. Les six ou sept cents maisons de Vesoul, groupées au pied de cette pittoresque éminence, forment des rues larges, bien percées, bien entretenues. — On y remarque peu d'édifices anciens, ce qui s'explique par les nombreuses transformations que la guerre a fait subir à cette cité, — mais il y a quelques belles constructions parmi les monuments d'utilité publique. — L'église paroissiale possède un maître-autel d'une grande richesse et un mausolée décoré de figures très remarquables. Citons encore l'Hôtel de Ville, la caserne de cavalerie, l'hôtel de la préfecture, l'hôpital civil et militaire... »

. . . .

Ajoutons que Vesoul possède une salle de spectacle dans laquelle de malheureux comédiens, abandonnés sinon de Dieu du moins des hommes, viennent de temps en temps jouer — (et de quelle façon ! !) — les vaudevilles du Palais-Royal et les drames du boulevard devant cent écus de recette...

A l'époque où se passèrent les faits que nous allons raconter, le chemin de fer de Mulhouse à Paris n'existait point encore, et deux entreprises rivales et célèbres, les messageries Laffitte et les messageries de la rue Notre-Dame-des-Victoires, se disputaient les voyageurs. — Il y avait en outre la malle-poste, et une foule de petites entreprises particulières faisant le service entre les localités plus ou moins importantes.

Vesoul, se trouvant sur le chemin de l'Alsace et de la Suisse, et dans le très proche voisinage des eaux thermales de Plombières et de Luxeuil, était donc, surtout pendant l'intervalle compris entre le mois de juin et le mois d'août, le théâtre d'un mouvement extraordinaire.

Des diligences de toutes sortes s'arrêtaient, à toutes les heures du jour et de la nuit, en face des trois ou quatre bureaux de la grande rue, et les deux hôtels de la *Madeleine* et de la *Cigogne* regorgeaient de voyageurs.

Que les temps sont changés !... — *Quantum mutatus ab illo ! !*

Aujourd'hui les wagons du chemin de fer glissent en grondant sur leurs rails, avec un long panache de fumée, et les voyageurs se contentent de saluer au passage la petite cité où rien ne les appelle.

Au commencement du mois de septembre de l'année qui nous occupe, une diligence venant de Plombières traversa la ville au grand trot de ses trois chevaux, avec force bruit de grelots et claquements de fouet, et s'arrêta devant les bureaux de son administration.

Il était cinq heures du soir, et la voiture devait stationner à Vesoul pendant une heure avant de repartir pour Besançon.

Les *aboyeurs* des deux hôtels dont, un peu plus haut, nous avons écrit les noms, se précipitèrent aux portières et les ouvrirent, en répétant sur des tons identiques les phrases stéréotypées en pareille circonstance :

— Faut-il faire transporter les bagages de ces messieurs à l'hôtel de la *Madeleine?*

— Faut-il faire transporter les bagages de ces messieurs à l'hôtel de la *Cigogne?*

Un grand jeune homme brun, qui se trouvait seul dans le coupé, descendit en répondant :

— Ni à l'un ni à l'autre.

Puis, s'adressant au conducteur de la voiture qui venait de l'amener, il reprit :

— Veuillez donner l'ordre de décharger les effets qui m'appartiennent et de les porter au bureau de celle des diligences dont le départ pour Paris est le plus prochain.

— Aux Laffitte et Caillard, alors, — répondit le conducteur, — ce sont elles qui passent les premières...

— Le bureau est-il loin ?

— A vingt pas d'ici...

Le grand jeune homme brun alluma un cigare, tout en surveillant le transbordement de ses colis ; — il se débarrassa, moyennant quelques sous, d'une nuée de petits vauriens qui, la main armée d'une brosse en mauvais état, l'obsédaient sous prétexte de vouloir cirer ses bottines vernies, — et enfin il se dirigea vers les bureaux des messageries Laffitte et Caillard.

— A quelle heure passe la voiture pour Paris ? — demanda-t-il à l'employé.

— A onze heures du soir...

Le jeune homme fit un moue prononcée.

Six heures d'attente sur le pavé d'une petite ville constituaient, en effet, une perspective peu attrayante, — mais le mal était sans remède.

Le voyageur reprit :

— Je voudrais, pour Paris, une place de coupé.

— Il m'est impossible de vous la promettre.

— Pourquoi donc?...

— Parce que la voiture venant de Mulhouse, il est possible que les meilleures places soient occupées depuis le point de départ...

— Mais alors, si la voiture arrivait absolument pleine?...

— Les voyageurs de Vesoul ne partiraient pas.

Nouvelle moue plus prononcée que la première. —Hélas! cette fois encore, le mal était sans remède.

— Enfin, — demanda le jeune homme brun, — il est peu probable, n'est-ce pas, que je sois obligé de remettre mon départ à demain?... — Que diable!! les diligences ne doivent pas crier : *Complet!!...* comme les omnibus du boulevard, les jours de pluie!...

— Tranquillisez-vous, monsieur, — dit l'employé en riant, — je crois pouvoir vous garantir que, bonne ou mauvaise, vous aurez une place... — Il est extrêmement rare que la voiture soit au complet en arrivant ici...

Le voyageur, un peu rassuré par cette promesse, quitta le bureau et gagna l'hôtel de la Madeleine.

Une cloche légèrement fêlée annonçait l'heure du dîner de la table d'hôte.

Laissons notre jeune homme satisfaire son appétit aiguisé par le tangage et le roulis d'une diligence de troisième ordre, et traçons de sa personne un rapide croquis. — Sa qualité de principal personnage de notre récit lui donne des droits incontestables à cette prérogative.

Il était grand et brun, — nous l'avons dit et répété plus d'une fois. — Nous devons ajouter que sa taille mince et souple était exempte de toute raideur et de tout déhanchement.

Il marchait avec grâce, — chose rare! — et sa tournure ne rappelait ni celle d'un jeune substitut empesé, compassé, pédant, ni celle extradésinvolte d'un sous-lieutenant de hussards ou de lanciers; — ses moindres mouvements avaient quelque chose de moelleux sans apprêt et de cadencé sans prétention.

Ses traits, fins et réguliers, — fort expressifs et d'une extrême mobilité, — offraient tout à la fois le type français et le caractère italien.

La coupe du visage, le regard et le sourire étaient évidemment parisiens. — Les lignes du nez et du front, le noir bleuâtre des cheveux et de la barbe, la pâleur bistrée et chaude de la carnation, rappelaient la trace transtévérine la plus pure.

L'éclair qui, sous un double réseau de longs cils, jaillissait des prunelles fauves, était franc, sympathique et devait, sous la moindre excitation, devenir passionné.

Des moustaches soyeuses, très longues et recourbées en crocs de mousquetaire, encadraient une bouche spirituelle et sensuelle, dont les lèvres en s'écartant laissaient voir des dents d'une éclatante blancheur.

Le pied étroit et cambré, la main allongée et petite plutôt que grande, offraient ces diagnostics à peu près infaillibles qui chez l'homme, comme chez les animaux décèlent la pureté du sang aristocratique.

L'ensemble presque irréprochable que nous venons de décrire ne permettait point de prendre le jeune inconnu pour quelque membre de la nombreuse et errante tribu des commis voyageurs. — Un seul regard jeté sur lui devait suffire à un observateur de force moyenne pour le classer sans hésitation dans la caste des privilégiés de la naissance, de la fortune, et, disons-le aussi, de l'intelligence.

Le personnage qui nous occupe pouvait être ou un artiste ou un gentilhomme. — A coup sûr il était l'un des deux, — peut-être tous les deux à la fois.

Son costume, d'une simplicité parfaitement élégante, se recommandait par le soin des détails.

La jaquette, le gilet et le pantalon étaient d'une étoffe légère à petits carreaux gris et noirs, — le col de la chemise se rabattait sur un étroit ruban de soie négligemment noué, — des bottines d'un bon faiseur dessinaient le pied sans le serrer, — des gants de peau de Suède et un chapeau de fantaisie complétaient cette toilette de voyage.

L'étranger mit à son repas la lenteur calculée de quelqu'un qui s'efforce de tuer le temps par tous les moyens possibles.

Mais un dîner de table d'hôte ne saurait s'éterniser et, après avoir parcouru d'un œil distrait et avec d'énergiques bâillements les longues colonnes de deux ou trois journaux, force fut bien au jeune homme de quitter la salle à manger dans laquelle, depuis assez longtemps déjà, il se trouvait seul.

Tout en appelant le garçon pour solder sa dépense, il regarda le cadran de la pendule en zinc bronzé et doré qui décorait la salle, — puis celui de sa montre.

— Pas encore sept heures! — murmura-t-il avec une incommensurable tristesse. — Plus de quatre heures avant le départ! Que faire?

Et comme en ce moment le garçon rapportait la monnaie, il lui demanda :

— Y a-t-il quelque chose de curieux à visiter dans la ville?

L'individu ainsi interpellé fixa sur lui ses yeux ronds et ternes, et lui répondit avec un accent dont nous allons essayer de donner une idée :

— Ché né bourrais bas tire à monsié... ché ne suis bas te Fesoul... ché suis te Golmar en Alsaze...

— Ché fais tire au badron te fenir barler à monsié :

— Inutile... inutile..., — répliqua vivement le jeune homme, — le *badron*, comme vous dites, me réciterait l'article du *Guide du voyageur en France*, ce qui n'est pas indispensable à mon bonheur... — Je trouverai seul...

— Mais, monsié, ce serait l'avaire d'un insdant... — le badron fientrait doute te suide...

— Inutile, vous dis-je... — Tenez, prenez ceci pour vous...

Et tandis que l'Alsacien saluait très bas la main généreuse qui venait de lui donner une pièce blanche, le propriétaire de cette main allumait un nouveau cigare et sortait de l'hôtel.

II

Notre jeune homme fut guidé par le hasard aussi bien et peut-être mieux qu'il ne l'aurait été par le propriétaire de l'hôtel de la Madeleine.

Résolument, et sans savoir où il allait, il s'engagea dans une rue qui s'ouvrait presque en face de lui, et après avoir marché pendant cinq minutes il déboucha sur une place assez vaste et fort laide, mais de l'autre côté de laquelle commençait la promenade publique dont la situation est remarquable.

Cette promenade, plantée de platanes et de tilleuls d'une belle venue qui forment une voûte de verdure à peu près impénétrable aux rayons du soleil, se trouve à l'entrée et presque au niveau de cet immense bassin circulaire dont parle Malte-

Brun, — bassin que d'admirables prairies recouvrent d'un tapis toujours vert, arrosé par les ondes capricieuses de deux rivières aux méandres innombrables.

Tout à l'entour s'étagent des collines aux crêtes rocheuses dont la vigne tapisse les flancs.

Enfin, au fond, — et s'asseyant au pied des escarpements qui ferment l'horizon, — le petit village de Frotey, avec son grand château disparaissant sous les masses de verdure séculaire qui l'entourent et versent à flots leur ombre sur des pelouses larges comme des prairies, qu'enveloppent les eaux transparentes d'une petite rivière bordée d'arbres gigantesques, paysage enchanté que l'auteur de ce livre a sous les yeux en écrivant ces pages.

A mesure que le voyageur se rapprochait de la promenade, il la voyait couverte d'une foule presque compacte, et il s'étonnait qu'une si petite ville pût fournir une si grande quantité de promeneurs.

En même temps les sons métalliques des instruments de Sax, — les majestueux accents des trombones, — les voix argentines des chapeaux chinois et des triangles, — les tapages éclatants des cymbales, — arrivaient jusqu'à lui.

— Que se passe-t-il donc là-bas? — se demandait-il. — Vais-je tomber au milieu de la fête du pays?... — Ces beaux arbres recèlent-ils sous leur feuillage toute une population de saltimbanques avec leurs baraques, et d'écuyers nomades avec leurs cirques?... — C'est la seule supposition qui puisse expliquer cette musique... — Pourtant, voilà un orchestre qui me semble bien nombreux et bien habile pour être composé de musiciens de fête ou de foire... Enfin, je vais savoir à quoi m'en tenir...

L'étranger ne tarda guère en effet à s'assurer que ses suppositions, assez vraisemblables il faut en convenir, étaient cependant bien loin de la vérité.

Tous les jeudis la musique du régiment de dragons, en garnison à Vesoul, venait sur la promenade, le soir, donner un concert martial aux habitants de la bonne ville.

Ce jour-là étant un jeudi le concert avait lieu comme de coutume et, comme de coutume aussi, la population, avide de distractions, d'une cité où toute distraction manque, s'empressait d'écouter les belliqueuses fanfares et les marches guerrières.

On pouvait dire qu'à de bien rares exceptions près la ville entière était là.

Pendant quelques minutes l'étranger, trouvant une sorte de vague plaisir à errer au milieu des groupes, se retournait parfois pour suivre du regard un joli visage féminin, — une gracieuse tournure, — une toilette de bon goût, — car la beauté, la grâce et l'élégance, quoique plus rares en province qu'à Paris, ne sont point exclusivement parisiennes.

Bientôt le jeune homme se lassa de sa promenade solitaire...

Il alla s'asseoir sur un banc de pierre, à l'extrémité de la promenade la plus éloignée de la ville, et, tout en laissant errer ses regards distraits sur le frais panorama de prairies et de collines dont nous avons dit quelques mots, il prêtait vaguement l'oreille aux mélodies d'Auber, d'Hérold, de Boïeldieu ou d'Adolphe Adam, qui lui rappelaient l'Opéra et l'Opéra-Comique et replaçaient sous ses yeux des profils d'acteurs et des silhouettes de chanteuses.

En même temps que ses oreilles et ses regards s'occupaient ainsi, sa pensée vagabondait, poussée à droite ou poussée à gauche selon tous les hasards du vent de la fantaisie.

Soudain, — après avoir tonné pendant quelques secondes avec un redoublement d'énergie, — la musique s'éteignit.

Le concert était terminé.

Il se passa alors en partie ce qui se passe dans un théâtre quand la représentation finit. — La promenade perdit en quelques minutes les trois quarts des auditeurs que la musique avait rassemblés, et dont les uns rentrèrent dans la ville et regagnèrent leurs logis, — les autres s'engagèrent avec leurs femmes, leurs enfants et leurs chiens, dans les sentiers de la prairie qui s'étend jusqu'au village de Frotey.

L'inconnu les regarda s'éloigner, et se mit à philosopher à perte de vue à propos et au sujet de ces bourgeois, de ces marchands, de ces commis, de ces employés, qui passaient devant lui et le regardaient curieusement en sa qualité d'étranger.

— Tous ces gens-là sont heureux ! — se disait-il, — heureux d'un bonheur qu'ils ignorent, et qui cependant est le seul vrai, — le seul certain, — le seul durable !...

» Ils vivent en paix dans une petite ville qu'ils n'ont jamais quittée et qu'ils ne quitteront jamais, — sans rien voir, — sans rien savoir, — comme des huîtres sur leur rocher ; mais les huîtres sont heureuses !... et ces bourgeois, encore plus favorisés qu'elles, n'ont à redouter ni la drague du pêcheur, ni la fourchette du gourmet.

» Que leur manque-t-il, dans cette obscurité profonde où leur existence entière est une sorte de calme et long sommeil ?... — Ils ont peu de fortune, — peu de besoins, — peu de désirs ; — la maison qui les a vus naître, — la rue qu'ils habitent, — la cité dont tous les visages leur sont familiers, — voilà leurs amours...

» Ils ont une famille, — des amis, — des voisins, — des connaissances, — ils s'intéressent à eux, —

ils perpétuent leur race anonyme, — ils sont membres du conseil municipal, ou ils espèrent le devenir, — ils s'abonnent à des journaux dont ils épousent les opinions... — ils ont des ambitions et des espérances... — ils font de leurs fils ce qu'ils sont eux-mêmes, c'est-à-dire des citoyens pleins de nullité et pleins de vertus, — de leurs filles des ménagères parfaites, sachant tricoter les bas de laine et préparer les confitures...

» Tout les occupe, — tout les attire, tout les distrait, — ils ignorent l'ennui... — Ils ne sont rien, mais ils se croient quelque chose. — Ah ! oui, voilà des gens heureux ! — si heureux, que je les envie de toute mon âme, moi qui suis riche, — moi qui suis libre, — moi qui deviendrais célèbre, si je voulais m'en donner la peine !

» Comme volontiers j'échangerais ma vie bruyante et facile, mais vide et sans but, contre leur existence engourdie, mais pleine de choses infiniment petites qui leur semblent grandes, vues au microscope de leurs regards...

» Et cependant, je suis l'un des heureux du siècle ! — je suis l'un de ces hommes de qui l'on dit : — *Comme ils s'amusent !* — Comme si, dans l'univers entier, les gens les plus complètement ennuyés n'étaient pas ceux qui s'amusent le plus ! »

. . . .

L'étranger en était là de son monologue ou de

sa divagation, — (l'un et l'autre peuvent se dire), — et sans doute il allait le continuer indéfiniment, car il se complaisait dans cette boutade solitaire, quand il fut tiré de sa rêverie bavarde par une circonstance extrêmement futile en apparence, — ainsi que semblent l'être presque toujours celles qui doivent avoir sur la vie entière une influence sans limites.

La promenade se dépeuplait d'autant plus rapidement que le soleil venait de disparaître derrière les montagnes qui ferment à l'horizon la vallée de la Saône, — qu'une brume légère montait à la surface des deux rivières courant au milieu des prairies, et que, sous les platanes et sous les tilleuls, une fraîcheur humide commençait à se faire notablement sentir.

De distance en distance, pourtant, quelques groupes attardés se voyaient encore, — mais ils devenaient plus rares de minute en minute, et les personnes qui les composaient se dirigeaient, les unes après les autres, vers l'intérieur de la ville.

Depuis un instant déjà une charmante levrette blanche, de la plus pure race, portant un collier de maroquin rouge à son cou de neige, décrivait au galop des cercles rapides autour du banc de pierre sur lequel était assis l'étranger dont elle semblait vouloir attirer l'attention par ses cabrioles entremêlées de petits cris provoquants.

Mais le jeune homme, s'occupant à dérouler les grains du chapelet de *non-sens* que nous avons mis sous les yeux de nos lecteurs, n'accordait pas un regard aux gentillesses de la coquette petite bête.

La levrette, impatientée sans doute par cette distraction persistante et voulant en triompher à tout prix, rapprocha de plus en plus ses gambades elliptiques, multiplia les frétillements de sa queue, et vint enfin poser sur l'un des genoux du voyageur, avec une confiance audacieuse, sa ravissante tête vipérine.

Le jeune homme aimait les chiens, — les membres intelligents de la race canine se trompent rarement sur les sentiments qu'ils inspirent, — il fut touché de la preuve irrécusable de soudaine sympathie que lui donnait la levrette blanche, et, laissant là sans trop de regret son monologue interrompu, il se mit à caresser la charmante bête dont la joie se manifesta par une nouvelle série de gambades de plus en plus folles.

— Quelle tendresse, ma jolie petite amie !!! — dit l'étranger en la caressant de nouveau. — Serais-tu donc égarée, par hasard, et formerais-tu le projet de me prendre à ton service en qualité de maître ? Si cela est, fais-le moi comprendre, et je consentirai de grand cœur à me mettre à tes ordres...

Nous ignorons quelle aurait été la réponse de la

levrette, *du temps que les bêtes parlaient*, — (comme dit le bonhomme Jean de La Fontaine).

Sans doute elle se serait écriée :

— Je ne suis ni perdue, ni même égarée ; je vis dans une bonne maison où l'on me choie, où l'on me chérit selon mes mérites, — ce qui n'est pas peu dire, — et si je viens à vous, monsieur l'inconnu, c'est tout simplement parce que vous me plaisez fort et que je vous le témoigne de mon mieux, à ma façon...

Le jeune homme venait à peine de formuler sa question, qu'une voix masculine et impérieuse s'éleva dans le lointain ; — cette voix appelait :

— Gibby !... Gibby !... Hé !... Gibby !!...

III

La levrette entendit cet appel aussi bien que l'étranger ; — elle eut un petit tressaillement d'impatience qui courut depuis ses oreilles fines jusqu'à l'extrémité de sa queue déliée comme celle des lézards verts dormant sur les rochers au soleil, — mais elle ne fit pas un mouvement pour se rapprocher du maître qui la cherchait.

— Il paraît que nous nous nommons Gibby, ma mignonne amie! — reprit l'inconnu.

La levrette répondit *oui* par un frétillement rapide et significatif.

— Et nous paraissons fort disposée à faire ce soir l'école buissonnière et à ne pas rentrer au logis !... — continua le jeune homme.

La levrette recommença ses courses et ses cabrioles, qu'elle interrompait de seconde en seconde pour venir poser de nouveau sa tête sur les genoux du voyageur, et pour attacher sur lui le regard fixe et doux de ses yeux de gazelle.

Pour la seconde fois la voix impérieuse cria, mais plus près :

— Gibby!... Gibby!... Hé! Gibby!... Ici... ici tout de suite!...

— Allons, Gibby, — fit l'étranger, — il faut obéir.

La levrette secoua la tête d'un air mutin, — et l'on aurait pu jurer que ce mouvement voulait dire :

— Ah! ma foi non!... l'obéissance n'est pas ma vertu favorite!...

Le voyageur le comprit ainsi.

Il se mit à rire, et il murmura :

— Je le vois bien!...

En même temps un troisième appel se faisait entendre.

Gibby se réfugia entre les jambes du jeune homme qu'elle adoptait décidément et qu'elle semblait disposée à ne plus quitter.

— Sacrebleu!... — dit avec une brusque intonation la voix masculine qui se rapprochait de plus en plus, — sacrebleu, que cette bête est insupportable!... Il faudra la corriger avec énergie, Marguerite, et faire en sorte qu'elle perde la fantaisie de ces escapades!...

Une autre voix, — voix de femme ou de jeune fille, — murmura quelques mots que le voyageur n'entendit pas distinctement.

Il se retourna et il vit à une très faible distance, dans la pénombre produite par le crépuscule et par l'épaisseur du feuillage, deux personnes qui se dirigeaient de son côté.

— Ah çà ! mais, — pensa-t-il, — voilà des gens qui vont me prendre pour un voleur de levrettes, ce qui serait fort désagréable... — Monsieur, — ajouta-t-il à haute voix, — si l'animal que vous cherchez est une petite chienne blanche très jolie, avec un collier rouge, elle est là dans mes jambes, et même elle paraît extrêmement désireuse de ne se point séparer de moi.

— Merci, monsieur, — répondit la voix d'homme, — nous allons vous débarrasser de cette vilaine bête ! Ah ! la coquine !

— Gibby !... Gibby !... — fit la voix de femme avec une intonation d'une douceur infinie.

Cet appel nouveau triompha à l'instant même de l'entêtement de la levrette.

Elle quitta d'un bond le lieu d'asile qu'elle avait choisi, et courut à la rencontre des nouveaux venus.

— Scélérate !... — dit le maître en brandissant sa canne, — recommenceras-tu donc toujours ! !

— Oh ! je vous en supplie, ne la frappez pas !...

— balbutia la jeune femme d'un ton suppliant.

Mais déjà Gibby était hors d'atteinte.

A la vue de la canne levée contre elle, elle avait pirouetté sur ses jarrets nerveux en poussant un petit cri de frayeur, et en trois élans elle était revenue auprès du jeune homme.

Ce dernier la prit dans ses bras, — se leva, et se dirigea vers les maîtres légitimes de la levrette.

— Permettez-moi, monsieur, — dit-il, — permettez-moi d'implorer la grâce de cette jolie petite bête... — Ne la punissez pas d'avoir cédé au sentiment de vive sympathie que je lui ai très involontairement inspiré... — Je la remets aux mains de mademoiselle, et je suis certain qu'à l'avenir elle ne se permettra plus la moindre fugue...

— Marguerite vous remercie, monsieur... — fit l'homme à la canne, — et puisque vous voulez bien vous intéresser à la coupable, je lui fais grâce pour cette fois... mais qu'elle ne s'avise pas de recommencer. — Je vous ai recommandé souvent, Marguerite, de ne jamais sortir avec Gibby sans la tenir en laisse... vous savez aussi bien que moi qu'elle est insupportable...

— Je ne l'oublierai plus... — murmura celle que nous venons d'entendre nommer *Marguerite* et qui, au mot de *mademoiselle* prononcé par le voyageur, avait souri d'abord puis rougi légèrement.

Le moment est venu de tracer un croquis rapide de ces deux nouveaux personnages...

L'homme à la canne était un vieillard dont l'apparence, sans être précisément distinguée, n'offrait rien non plus de vulgaire.

De haute taille, — extrêmement maigre, — et très droit encore malgré son âge, — il présentait un spécimen accompli du type si connu de vieil officier en retraite.

Un chapeau de forme basse et à larges ailes couvrait sa tête absolument chauve sauf une mèche de cheveux gris à chaque tempe, et jetait son ombre sur un visage rude et expressif.

Ses yeux d'un bleu pâle, profondément enfoncés sous l'arcade sourcilière, ne brillaient que d'un éclat intermittent, — la peau brune des joues se collait comme du parchemin sur les pommettes saillantes, — d'épaisses moustaches à moitié noires et à moitié blanches cachaient entièrement la bouche ; — tout le reste de la figure était soigneusement rasé.

Le large ruban rouge de la Légion d'honneur se nouait à l'une des boutonnières de la redingote bleue, très longue et tombant carrément sur un pantalon blanc un peu court, que la tyrannie des sous-pieds contraignait seule à descendre jusqu'à la botte.

La main, large et carrée, recouverte d'un gant

de daim, tenait cette canne en bambou qui inspirait une si grande frayeur à Gibby.

Rien qu'à regarder cet homme, — vivant bulletin de la grande armée, — on songeait aux héroïques campagnes du premier empire.

Sa compagne formait avec lui le plus frappant de tous les contrastes.

Quoiqu'elle fût grande, il y avait quelque chose de si jeune dans les lignes de la figure, une telle candeur dans le regard, une si rayonnante pureté sur le front blanc et velouté comme le pétale d'un camélia, — il y avait dans tout l'ensemble une telle expression d'innocence et de virginité, que cette jolie et gracieuse personne semblait être arrivée tout au plus à cet âge où l'enfant se fait jeune fille.

C'est à peine si l'on pouvait lui donner seize ans.

Elle en avait cependant bien près de dix-neuf.

Sa mise, d'une simplicité virginale comme son aspect, n'offrait aucune prise aux remarques de la critique la moins bienveillante.

Sur les beaux cheveux noirs qui de leurs bandeaux lustrés encadraient l'ovale délicieux de son visage, elle portait un petit chapeau de paille dont une torsade de velours faisait le seul ornement.

Sa robe de soie grise, unie comme la robe d'une pensionnaire, recélait dans ses moindres plis une grâce sans pareille, et découvrait par instants le bout d'un très petit pied chaussé d'une bottine de satin.

Un mantelet de taffetas noir, bordé d'un étroit ruban de velours, complétait cette toilette, irréprochable dans sa modestie.

Autour d'un poignet d'une forme idéale se tordait un étroit bracelet de corail rose, — et des gants d'un gris pâle enfermaient des mains semblables à celles qu'un grand sculpteur sait trouver dans le marbre de Paros.

On ne pouvait dire que cette enfant fût d'une beauté hors ligne, souveraine, éclatante.

Cette beauté ne s'imposait point à l'admiration comme le font certains radieux visages, — elle n'éblouissait pas, elle charmait; — elle ne montait pas à la tête ainsi qu'un vin capiteux, — elle remuait doucement le cœur et faisait rêver.

Les yeux surtout, d'un bleu si profond qu'il ne se pouvait comparer qu'à l'azur de la nuit ou du ciel d'Italie, — les yeux avaient un regard ferme et droit, plein de franchise et de pudeur, qui semblait toucher les fibres les plus sensibles de l'âme, et aussi les plus délicates, et qui commandait à la fois le respect et l'adoration.

En quelques secondes le voyageur s'était dit à lui-même tout ce que nous venons d'écrire.

— Comment diable, — se demanda-t-il, — cette

angélique créature peut-elle être la fille de cette vieille culotte de peau?... — Comment ce classique troupier, — crayonné cent fois par Charlet, — a-t-il engendré la Mignon de Gœthe?...— Phénomène!... — phénomène bizarre et inexpliquable!...

Tandis qu'il monologuait ainsi, — (ce voyageur avait évidemment la passion du monologue), — la maîtresse de Gibby caressait d'une main distraite la fantasque bête, qui se laissait faire en véritable chien gâté.

— Mademoiselle, — dit l'étranger pour dire quelque chose, — vous avez là une jolie petite bête... — elle ne le cède en rien aux levrettes célèbres de M. de Lamartine...

La maîtresse de Gibby avait pour la seconde fois souri et rougi à ce mot de *mademoiselle*.

En entendant les dernières paroles du jeune homme, elle leva la tête et fixa sur lui le regard si profond de ses grands yeux.

— Vous connaissez les levrettes de M. de Lamartine, monsieur? — demanda-t-elle vivement et curieusement.

Le jeune homme s'inclina et répondit avec un sourire :

— Oui, mademoiselle, j'ai cet honneur...

— Et Gibby leur ressemble?...

— Pour la forme, oui, — mais non pour la couleur...

— Ah !... — De quelle couleur sont-elles, monsieur, je vous prie ?...

— Gris de souris et café au lait, mademoiselle... — mais, ainsi que je vous le disais tout à l'heure, votre levrette est tout aussi fine et d'une race tout aussi pure... — Je n'ai jamais vu plus irréprochable correction de formes... — et ne prenez point ceci pour un compliment hyperbolique adressé à la gentille Gibby, — mes paroles ne sont que l'expression sincère de la vérité...

— Hum !... hum !... — fit l'ex-officier en intervenant dans la conversation ainsi engagée, — il est possible que Gibby soit un joli chien, — je ne m'y connais pas assez pour dire le contraire, — mais j'affirme, et je le soutiendrai, morbleu ! au risque de déplaire à Marguerite, que de tous les lévriers, caniches et barbets du passé, du présent et de l'avenir, Gibby est le plus insupportable.

— Vous êtes sévère, monsieur ! — dit l'étranger en riant.

— Sévère ! non, monsieur, mais juste !... — d'une justice rigoureuse et inattaquable ! — Je maintiens mon dire, et quand on le voudra je prouverai que j'ai raison. — Gibby est un odieux et indécrottable animal !

— Mais qu'a-t-elle donc fait de si grave, la pauvre petite ?... — demanda Marguerite presque timidement.

— Ce qu'elle a fait, mordieu?... — répliqua le vieillard en frappant énergiquement la semelle de sa botte avec le bout de sa canne, afin sans doute de donner plus de force à ses paroles, — ce qu'elle a fait? — Mais dix fois déjà elle aurait été condamnée à mort par une cour martiale pour désertion!! — Et tenez, aujourd'hui encore, — il y a trois minutes, — ne passait-elle pas à l'ennemi avec armes et bagages!!

L'étranger ne put retenir un éclat de rire.

— L'ennemi, — demanda-t-il, — c'est moi, sans doute?

— Vous entendez bien que c'est une façon de parler, — répliqua le vieux soldat, — le mot *ennemi*, dans ma bouche, voulait tout simplement dire *inconnu*... Gibby, qui vous voyait ce soir pour la première fois, nous abandonnait, Marguerite et moi, pour courir à vous... — Et cependant Marguerite est d'une faiblesse désespérante pour cet animal, et moi-même tous les jours, après dîner, je prends Gibby sur mes genoux.

— Oh! de cela, — s'écria Marguerite, — il ne faut rien dire...

— Pourquoi donc?

— Parce que, lorsque Gibby est sur vos genoux, vous ne manquez jamais d'envoyer dans les naseaux de cette chère petite bête la fumée de votre cigare ou de votre pipe... Croyez-vous donc que cela lui plaise?

— Ah ! le fait est, — dit l'étranger, — que les chiens apprécient mal le tabac le plus parfumé !... — Gibby d'ailleurs ne voulait que jouer un instant avec moi, — j'étais pour elle une distraction, et sa tendresse, j'en suis sûr, restait tout entière à ses maîtres et surtout à sa jeune maîtresse.

Un regard de Marguerite remercia l'étranger d'avoir fait l'éloge de la levrette bien-aimée.

Le vieillard hocha la tête.

— Tout cela est bel et bon, — reprit-il, — mais croyez-moi, Marguerite, n'oubliez plus de mettre une laisse à Gibby quand vous voudrez qu'elle nou accompagne, car je suis vraiment fatigué d'être l'esclave de cette chienne, et je vous affirme que, la prochaine fois qu'il lui plaira de se séparer de nous, nous rentrerons à la maison sans nous occuper d'elle et elle passera la nuit dans la rue... Voilà mon dernier mot !...

IV

— Monsieur, — continua le viel officier en changeant de ton et en s'adressant au voyageur, — vous êtes étranger, et sans doute de passage seulement dans notre ville... — étiez-vous déjà sur la promenade tout à l'heure, et avez-vous entendu la musique militaire ?

— Oui, monsieur, j'ai eu ce plaisir.

— Et comment la trouvez-vous?

— Excellente.

— Je vois avec joie que vous vous y connaissez... — C'est la musique du 5e dragons, monsieur, et j'ose dire qu'elle ne laisse rien à désirer... — Le colonel me disait l'autre jour : *Mon cher commandant, la musique de mon régiment est peut-être la meilleure de l'armée !...* — et il avait raison... — Je suis ravi, monsieur, que vous ayez passé quelques instants agréables... — La musique élève l'âme en charmant l'oreille, — je le répète tous les jours à Marguerite... — J'ai bien l'honneur, monsieur, de vous souhaiter le bonsoir...

En prononçant ces derniers mots, l'ex-officier salua l'étranger et fit ce que sans doute il aurait appelé une *conversion par le flanc droit*, — entraînant avec lui sa compagne que Gibby suivit, non sans tourner plus d'une fois la tête vers l: nouvel ami qu'elle s'était donné et qu'elle regrettait de quitter si vite.

— Certes, — murmura le voyageur resté seul, — voilà un vieux grognard formidablement ennuyeux! — mais quelle adorable enfant que la sienne! — Pourquoi ne suis-je point le fils d'un de ces bourgeois dont tout à l'heure j'enviais le sort? — Je sens que j'aurais aimé cette jeune fille... — Je vais partir... je ne la reverrai plus... mais son souvenir restera dans un petit coin de mon âme, et parfois, bien loin d'ici, je penserai à elle comme on pense à une belle et chaste fleur dont on a, pendant une seconde, respiré le parfum...

Machinalement le jeune homme se mit à marcher dans la direction prise par le commandant et par Marguerite, de façon à ne point les perdre de vue, — mais à rester cependant à une certaine distance derrière eux.

Il les vit traverser la place du Marché, — suivre dans toute sa longueur la rue Georges-Genoux, — et enfin tourner à gauche dans la grande rue.

Sans trop le savoir il avait peu à peu hâté sa marche et, entre lui et les deux personnes qu'il suivait, il n'y avait plus guère qu'un intervalle d'une dizaine de pas.

Le vieillard et sa compagne passèrent devant un bureau de tabac.

Un grand et gros homme, — d'une tournure militaire, — debout sur le seuil de la boutique, salua l'ex-officier en lui disant :

— Bonsoir, commandant.

— Bonsoir, mon brave, — répondit ce dernier.

Puis il ajouta :

— Mettez-moi donc de côté un cent des petits cigares que vous savez... — bien secs, — je les prendrai demain matin...

— C'est convenu, commandant.

Le voyageur entra dans la boutique et, tout en choisissant des cigares, il demanda au marchand :

— Quel est donc ce monsieur décoré à qui vous parliez à l'instant ?

— Ce monsieur que j'appelais commandant?...

— Oui.

— C'est un vieux de la vieille, — un brave à trois poils, — un fier lapin, et un brave homme, — le commandant comte de Ferny... — En voilà un qui n'a jamais eu de chance !... — il aurait dû être fait maréchal de France ! ou tout au moins général de division, — et grand-croix de la Légion d'honneur, — il n'est que commandant en retraite et simple légionnaire... — Que voulez-vous, monsieur ! pas de chance !

— Du moins, — dit le voyageur en souriant, — il a la chance d'avoir une bien jolie fille.

Le marchand regarda son interlocuteur d'un air étonné.

— Une jolie fille ? — répéta-t-il. — Que voulez-vous dire, monsieur, et de quelle fille parlez-vous ?

— Mais de cette jeune personne qui accompagnait le commandant tout à l'heure. — N'est-ce pas sa fille ?

Le marchand se mit à rire.

— Mais non, monsieur, — répondit-il ensuite, — ce n'est pas plus sa fille que la mienne : c'est sa femme.

— Allons donc ! — s'écria l'étranger, — sa femme !

— Oui, monsieur, très bien.

— Une enfant !

— Pas si enfant. — Mademoiselle Marguerite Chesnel allait avoir dix-sept ans quand elle s'est mariée, il y aura bientôt deux ans de cela...

— Mais lui, le commandant, quel âge a-t-il ?

— Hé... hé... pas loin de soixante-dix...

— Quelle union étrange !...

— Ah ! dame !... c'est l'hiver et le printemps, je ne dis pas non. — Et cependant mamzelle Marguerite a été bien heureuse de le trouver...

— Pourquoi cela ?

— Parce que, sans lui, belle comme elle est, et mieux élevée que la fille d'un préfet, il lui aurait fallu travailler pour vivre... — et ce que peut gagner une jeune fille avec ses dix doigts n'est pas lourd...

— Le commandant est-il riche, au moins ?...

— Mais oui, monsieur... — il a une petite maison à lui, très jolie, — un millier d'écus de rente, — et sa pension de retraite. — C'est gentil... ça fait de l'aisance, — d'autant plus, — ajouta le marchand en souriant, — que vous comprenez bien qu'il n'est guère probable que les enfants viennent... — et puis la petite dame est comtesse, puisque son mari est comte, et c'est toujours agréable... — Ah ! quand le commandant aura reçu sa dernière consigne, la veuve sera un bon parti et elle ne manquera pas d'épouseurs... — il en viendra de tous les âges et de toutes les couleurs, et rien ne l'empêchera de s'en donner un de vingt-cinq ans... — pour changer un peu...

Le voyageur paya les cigares qu'il avait choisis et il sortit de la boutique.

— Etrange union, je le répète! — murmurait-il, — l'hiver et le printemps, cet homme l'a dit!... — la neige et le soleil, — la glace et le feu, — un bouquet vivant et parfumé dans la main d'une momie! — C'est triste!... — Pauvre enfant... pauvre enfant!... — Et moi qui l'appelais *mademoiselle!* — Allons, ne pensons plus à tout cela, car, ma parole d'honneur, ça me met du noir dans l'âme!!...

Le voyageur regarda sa montre.

— Neuf heures et demie! — dit-il, — encore une heure et demie d'attente!! — Ah! cette soirée ne finira pas!!

Il entra dans un café, — il demanda du punch, et il se mit à lire les journaux, mais il ne comprenait point ce qu'il lisait, — sa pensée était ailleurs, et, tandis que son regard parcourait machinalement les alinéas des *faits-divers*, ou les colonnes du feuilleton, les yeux de son âme ne pouvaient se détacher de la figure touchante et virginale de l'enfant mariée au vieillard.

Sans cesse il lui semblait voir devant lui, comme sous les arbres de la promenade, celle qu'il avait prise pour une jeune fille, et de plus en plus son image se dessinait dans son souvenir, avec une exactitude de photographie.

Il revoyait la pâleur faiblement rosée de son visage, — ses cheveux doux et veloutés sur son front candide, — ses grands yeux d'un azur si chaste et si profond, — sa bouche humide et souriante, rose écrin qui gardait des perles plus précieuses que toutes celles de Ceylan...

Il revoyait ce corsage pudiquement voilé, mais gracieux dans ses lignes comme celui d'une vierge de Giotto ou de Cimabue, — ce poignet de statue, — cette main d'enfant, — ce pied de nymphe...

L'obsession devint si forte qu'il éprouva le besoin de s'en distraire en la matérialisant en quelque sorte.

Il appela le garçon, et il lui demanda du papier et une plume.

Dans un café de province, cette demande était à peu près insolite ; il fallut faire de longues recherches pour arriver à poser devant le voyageur un cahier de papier à lettre et un encrier de plomb rempli d'une boue liquide dans laquelle plongeait une plume, tordue comme un soleil d'artifice.

Muni de ces instruments défectueux, le jeune homme se mit à exécuter de mémoire, avec une verve artistique extrêmement remarquable, une foule de rapides croquis qui tous ressemblaient d'une façon frappante à la femme du commandant.

Tantôt c'était son visage sous le petit chapeau de paille garni de sa torsade de velours noir.

Tantôt c'était elle tout entière, avec sa robe grise et son mantelet garni de velours.

Ces croquis reproduisaient Marguerite de face, de profil, de trois quarts, et toujours avec une vérité et une exactitude incroyables.

La levrette Gibby n'était point oubliée, et la main effilée de sa maîtresse s'étendait vers sa jolie tête de serpent.

Le jeune homme essaya de reproduire aussi les traits du vieux commandant et, quoique ce dût être une entreprise des plus faciles pour une main aussi merveilleusement habile que la sienne, il ne put en venir à bout d'une manière satisfaisante.

Les croquis d'après Marguerite étaient de charmants portraits.

Ceux qui s'efforçaient de retracer l'image du comte de Ferny n'étaient que de spirituelles caricatures.

Dix heures et demie sonnaient à la lourde pendule de l'établissement.

L'étranger plia ses dessins, — les mit dans sa poche et sortit, à la grande joie du garçon qui n'attendait que son départ pour fermer le café.

Toutes les boutiques étaient déjà closes, — la ville semblait endormie, et les rayons de la pleine lune versaient à flots leurs clartés blanches sur les trottoirs presque déserts.

A l'heure où, dans Paris illuminé, rayonne le gaz éclatant comme le soleil, — à l'heure où les boulevards sont plus encombrés qu'en plein midi d'une foule avide de mouvement, — la province se met au lit...

Et nous ne pouvons disconvenir qu'elle a raison... — Si elle ne dormait pas, que ferait-elle?

Çà et là quelques lueurs vagues, expirant dans de grandes lanternes de verre dépoli, illustrées de lettres rouges et noires, signalaient les bureaux des voitures publiques.

L'étranger se rapprocha de celui de ces bureaux où la diligence des messageries Laffitte et Caillard ne devait désormais plus guère tarder à arriver.

V

Au bout d'un quart d'heure ou de vingt minutes il se fit dans le lointain un grand tapage de roues broyant le pavé, et de chevaux trottant avec une vitesse stimulée par l'approche de l'écurie et par les claquements d'un fouet énergique.

En même temps retentissait la criarde fanfare que les conducteurs avaient l'habitude de jouer si faux, en soufflant dans une petite trompette fêlée pour solenniser leur entrée dans chaque ville.

La diligence arrivait.

Un employé et deux portefaix sortirent du bureau au moment précis où l'attelage suant et soufflant arrêtait au bord du trottoir la pesante machine.

Le conducteur, tenant entre ses dents le large portefeuille de cuir qui contenait la feuille des voyageurs et celle des bagages, descendit de la banquette, tandis que le postillon dételait les chevaux.

— Combien de places disponibles? — demanda l'employé au conducteur.

L'étranger s'approcha pour mieux entendre la réponse qui, nous le savons, était pour lui d'un grand intérêt.

Cette réponse fut désolante.

— Des places disponibles?... Pas une!

— Allons donc! — fit l'employé d'un air incrédule.

— Parole d'honneur! chargement complet! depuis Mulhouse, tout est plein, et tout le monde pour Paris...

— Vous entendez, monsieur... — dit l'employé au voyageur, — ce qui arrive est d'autant plus contrariant que c'est assez rare, et que cela semble fait exprès pour vous...

— Eh quoi, — dit le jeune homme en s'adressant à son tour au conducteur, — pas même un petit coin, là-haut, sur la banquette?

— Ah! monsieur, vous me demanderiez de vous mettre sous la bâche, avec les paquets, que je serais forcé de vous refuser... — Tout est archibourré, et j'ai même dans la rotonde un voyageur de contrebande, dont je rendrai compte à mon administration mais qui n'est pas porté sur la feuille...

— Sacrebleu! — s'écria le jeune homme désappointé, en frappant du pied et en jetant sur le trottoir, par un mouvement de colère, son cigare qui s'écrasa avec un fourmillement d'étincelles, — sacrebleu! quel ennui!

L'employé se sentit pris de compassion pour cette contrariété qui semblait si vive.

— Monsieur, — dit-il, — vous tenez beaucoup à partir cette nuit?...

— Oui, certes, j'y tiens...

— Eh bien, ce n'est pas encore tout à fait impossible...

— Comment?...

— Les Messageries impériales passeront dans une heure... — je vais faire porter vos bagages à leur bureau, — là, presque en face, — et peut-être aurez-vous la chance d'être plus heureux avec leur voiture qu'avec la nôtre...

— Merci de votre conseil, — fit l'étranger. — Si je pars, vous m'aurez rendu un véritable service...

Un nouveau transbordement de bagages eut lieu. — Pendant une nouvelle heure, notre voyageur arpenta le trottoir de la rue Basse avec une impatience qui croissait de minute en minute.

Enfin, au moment où minuit sonnait aux horloges de la ville, la seconde diligence arriva.

Fatalité invraisemblable et cependant réelle!...

Pas plus dans celle-ci que dans la première il ne se trouvait une place libre!...

Le jeune homme maudit en fort bons termes les destins rigoureux qui se déclaraient contre lui.

Puis, comme il y avait au fond de son caractère une certaine dose de philsophie, il prit son parti de sa double déconvenue et, laissant ses bagages au bureau, il se dirigea vers l'hôtel où il avait dîné, et il demanda une chambre.

Le garçon, qui ronflait au coin du foyer éteint de la cuisine, s'éveilla à demi, prit une clef, alluma la bougie d'un large bougeoir de cuivre jaune et conduisit le voyageur dans une pièce que nous nous garderons bien de décrire, car elle ressemblait à toutes les chambres de toutes les auberges de France.

Là, il se coucha dans un lit qu'enveloppaient des rideaux de calicot jaune à bordures de calicot rouge.

Ce lit n'était d'ailleurs pas mauvais.

Le jeune homme s'endormit d'un sommeil profond, sinon calme, et il rêva que la jeune femme du commandant était changée en une levrette blanche exactement pareille à Gibby, — que le commandant lui-même, métamorphosé en un bouledogue noir, énorme et féroce, s'apprêtait à dévorer les deux levrettes, — et que sans doute il aurait mené à bonne fin son hideux projet, sans l'intervention du dormeur, qui s'efforçait d'arracher à ses griffes et à ses crocs les innocentes et gracieuses victimes.

Après une lutte longue et acharnée, le jeune homme restait vainqueur et étranglait résolument le bouledogue.

Marguerite, aussitôt, reprenait sa forme naturelle, — et, chose bizarre ! — elle apparaissait vêtue de blanc et portant sur sa tête la couronne de fleurs d'oranger des vierges !...

A peine ce rêve était-il achevé qu'il recommençait sous une forme identique, avec les mêmes péripéties et le même dénouement, — amenant à sa suite pour le dormeur une agitation violente et presque fébrile.

Il était déjà dix heures du matin quand le jeune homme se réveilla, tout aussi fatigué qu'après une longue nuit d'insomnie.

— Je ne comprends rien à qui se passe en moi ! — se dit-il en s'habillant. — Pourquoi donc cette femme que je n'ai vue qu'une seule fois et que je ne reverrai plus, pourquoi donc s'empare-t-elle ainsi de ma pensée jusqu'à ce point de la dominer pendant mon sommeil?... — J'ai été amoureux, dans ma vie, et bien souvent, hélas ! — Jamais les femmes aimées ne m'ont occupé plus, ni même autant, que cette inconnue qui cependant m'est indifférente ! — Eveillé, j'ai son image tellement présente que je dessine de souvenir des portraits qui rivalisent d'exactitude avec une épreuve photographique... — Endormi, son image me poursuit encore... — Mais pourquoi ? — Ceci est un problème que mon intelligence ne saurait résoudre.

Mieux peut-être que le personnage que nous mettons en scène, nous connaissons la solution du problème qui l'embarrassait si fort.

Cette solution ne se fera pas longtemps attendre, et ce sont les faits eux-mêmes qui se chargeront de la fournir...

Le voyageur descendit à la salle à manger de l'hôtel et se fit servir à déjeuner en réfléchissant, avec une tristesse pleine d'amertume, qu'il avait maintenant devant lui, jusqu'au moment d'un départ incertain, non plus quelques heures comme la veille, mais toute une éternelle journée.

— Mon ami, — dit-il au garçon alsacien quand il eut terminé son repas, — auriez-vous la complaisance de me faire parler au propriétaire de l'hôtel?

— Mossié feut foir le badron ?

— Oui, si cela est possible.

— C'est bôssiple et vassile... — ché fais gerger le badron... — il fiendra tans teux segontes... — ne vous imbatiendez bas!

En effet, au bout d'un instant, l'Alsacien revenait avec le maître de la maison.

— Monsieur, — lui dit l'étranger, — j'ai besoin de vous demander un renseignement et un conseil...

— L'un comme l'autre sont à votre disposition.

— Je suis arrivé hier par la voiture de Plombières... je comptais repartir cette nuit pour Paris... mais voici ce qui m'est arrivé...

Il raconta sa double déconvenue, — puis il reprit :

— Or, ce qui s'est passé cette nuit peut se renouveler indéfiniment, pour peu que ma mauvaise étoile s'en mêle... — Indiquez-moi donc, dans le cas où cette nuit encore je ne trouverais pas de place dans les deux voitures, les meilleurs moyens à employer pour parvenir à quitter Vesoul et à regagner Paris...

— Vous avez deux moyens infaillibles, monsieur,

— Lesquels ?...

— Le premier est d'écrire à Mulhouse pour faire assurer votre place dès le point de départ... — mais une lettre écrite aujourd'hui n'arriverait que demain. — Ce n'est donc que dans trois jours que vous auriez une certitude matérielle de pouvoir partir.

— Trois jours !... c'est beaucoup trop long !... L'autre moyen, s'il vous plaît ?...

— C'est de vous en aller à Besançon qui est, comme Mulhouse, un lieu de départ direct...

— A merveille... — Mais qui m'empêcherait de me mettre, dès à présent, en route pour Besançon ?...

— La dernière voiture de jour est partie, il y a juste une demi-heure... — il vous faudrait maintenant attendre le départ de dix heures du soir... — je ne vous conseillerais pas de le faire sans avoir tenté, cette nuit encore, de prendre place dans l'une des deux grandes diligences...

— Merci du conseil, j'en profiterai.

— Vous allez sans doute, monsieur, trouver la journée un peu longue?...

— J'en ai peur.

— Si vous vouliez monter, pour vous distraire, au sommet de la Motte, — (la Motte est cette montagne en forme d'entonnoir renversé, qui domine la ville), — vous y jouiriez d'un coup d'œil véritablement admirable et qui vous dédommagerait bien de la peine que vous auriez prise pour grimper jusque-là... — Nous avons en outre une bibliothèque publique fort curieuse. — J'en parle par ouï-dire, car mes occupations ne me permettent guère de me livrer à l'étude et à la lecture, ainsi que j'aimerais à le faire...

Le voyageur remercia de ces indications, puis il reprit :

— Auriez-vous la complaisance de m'expliquer où se trouve située la maison du commandant comte de Ferny?...

— Ah!... ah!... — fit le maître d'hôtel, — vous connaissez le commandant?

L'étranger ne répondit à cette question que par un signe de tête qui ne voulait rien dire et que son interlocuteur prit pour une réponse affirmative. Il poursuivit :

— La maison, d'ailleurs, est bien facile à trouver, et vous ne pourrez pas vous tromper quand une fois je vous aurai dit ce que je vais vous dire... — En sortant de l'hôtel, vous tournerez à gauche... — à gauche, vous entendez bien?

— Oui, à merveille.

— Vous rencontrerez, — à cinquante pas d'ici, — une rue toujours à gauche, la rue de l'Aigle-Noir... vous vous souviendrez bien du nom?...

— Parfaitement.

— Vous la suivrez jusqu'à la rue de la Préfecture, qui est en même temps la route de Paris, et vous monterez cette rue, plus à gauche que jamais... — Vous passerez devant la préfecture... — un beau bâtiment, monsieur!... — Vous marcherez droit devant vous pendant cinq ou six minutes, et vous verrez, sur votre gauche, une jolie petite maison qui a l'air d'être neuve parce que le commandant l'a fait recrépir et repeindre au moment de son mariage... — la porte est verte, et le nom du commandant est gravé sur une belle plaque de cuivre, bien poli et bien brillant, juste au beau milieu du panneau. — Vous voyez, monsieur, qu'un aveugle ou qu'un enfant trouveraient sans hésiter.

— Après une explication aussi claire que la vôtre, je le crois comme vous! — répondit le voyageur en souriant. — Je n'ai qu'à m'en aller toujours à gauche, jusqu'à ce que je voie un nom sur une porte. — S'il était aussi simple et aussi facile de s'en aller à Paris, ce serait charmant!...

Le voyageur alluma un cigare et s'engagea dans cette succession de rues qui devaient le conduire à la maison du commandant.

Mais pourquoi donc la cherchait-il, cette maison, et quel aimant l'attirait vers une demeure dont il n'avait aucune raison de franchir le seuil?...

VI

Dix minutes suffirent au jeune homme pour arriver en face d'un petit bâtiment élevé d'un seul étage sur rez-de-chaussée, — et qui lui parut tout à fait conforme à ce que venait de dire le maître d'hôtel.

Ce bâtiment, coiffé d'un toit de tuiles rouges, était blanc, — avec une porte et des persiennes vertes. — Au milieu de la porte étincelait aux rayons du soleil une plaque de cuivre aussi brillante que si elle eût été fourbie par la main d'une ménagère hollandaise.

L'étranger s'approcha, et il lut, — gravés sur la plaque, — ces mots :

MONSIEUR ET MADAME DE FERNY

Le cuivre du bouton de la porte et de l'anneau

de la sonnette n'était pas moins éblouissant que celui de la plaque.

Bien certain qu'il ne se trompait point, le jeune homme alla se placer de l'autre côté de la rue, afin de pouvoir se bien rendre compte de l'ensemble et des détails de la petite maison.

La partie de la ville dans laquelle il venait d'arriver est déjà presque la campagne, — les habitations y sont rares et séparées les unes des autres par des espaces assez vastes.

La demeure du commandant avait un jardin ; ce jardin se terminait sur la rue par une terrasse qui continuait la maison et se trouvait de plain-pied avec une porte-fenêtre du premier étage.

Des poteaux peints en vert, soutenant un grillage de fil de fer à larges mailles sur lequel couraient les épais feuillages de plusieurs pieds de vigne, formaient au-dessus de la terrasse une voûte de verdure.

Poteaux, treillage et feuilles de vigne dessinaient du côté de la rue deux ouvertures en forme d'arcades, ménagées pour laisser toute liberté au regard.

Des stores en coutil rayé vert et blanc fermaient ces arcades au besoin, et défendaient la terrasse contre les rayons trop chauds du soleil.

On entrevoyait depuis le dehors toute une collection de fleurs assez belles, dans des pots de terre vernissée, rangés en bon ordre le long des treillages.

Au moment où le jeune homme examinait avec attention ce que nous venons de décrire, les stores de coutil étaient baissés, car le soleil du milieu du jour dardait ses flèches d'or contre le berceau de verdure, — les persiennes étaient closes, nul bruit ne se faisait à l'intérieur, — rien n'indiquait que la maison fût habitée.

Le voyageur tira de sa poche une feuille de papier et un crayon dont il avait eu soin de se munir, et il esquissa en quelques secondes les lignes principales de cette petite demeure qui n'avait, ainsi qu'on vient de le voir, rien de bien remarquable.

Ce croquis achevé il allait s'éloigner sans doute quand tout à coup, sur la terrasse, un mouvement subit eut lieu.

Une sorte de frémissement agita les feuilles de vigne dans la partie la plus basse du berceau, — un museau rose se fit jour entre deux grappes de raisin déjà mûres, et la tête tout entière de Gibby apparut à cette lucarne improvisée.

Le voyageur salua la levrette d'un geste amical.

La levrette, de son côté, reconnut son compagnon de la veille au soir, et se mit à lui souhaiter le bonjour à sa manière, c'est-à-dire par les aboiements les plus joyeux et les plus expressifs.

Le jeune homme répondit à ces avances par de nouveaux signes de sympathie, qui poussèrent jusqu'au délire l'enthousiasme joyeux de Gibby.

Au bout d'une ou deux minutes elle mena si grand tapage, que c'était à se demander comment de tels éclats de voix pouvaient sortir d'un gosier si mignon.

— Eh bien, Gibby, eh bien, ma petite, qu'y a-t-il donc? — dit depuis la terrasse un organe féminin, doux et suave, que le voyageur ne put méconnaître quoique la veille il ne l'eût entendu qu'à psine.

Et comme Gibby ne se taisait point, et comme sa maîtresse la savait trop intelligente pour s'agiter de telle façon sans quelque raison bonne et valable, une main blanche et fine, une main de fée ou d'enfant fit jouer la détente du store de coutil qui se releva brusquement, démasquant l'ouverture et dévoilant Marguerite, dont la tête angélique s'avançait vers la rue avec une expression de curiosité naïve.

La jeune femme était enveloppée dans un large peignoir blanc, flottant autour de sa taille.

Ses bras roses sortaient des manches larges, comme du calice d'une fleur.

Ses magnifiques cheveux noirs, à grand'peine mordus par les dents d'un peigne d'écaille, se nouaient négligemment sur sa tête dans un dé-

9.

sordre qui mettait en valeur leurs masses profondes et veloutées.

Le soleil, se jouant autour d'elle, la dessinait comme une lumineuse et surnaturelle apparition sur les fonds moins éclairés de la terrasse, et couronnait d'un nimbe d'or, — le nimbe éclatant des vierges et des anges, — les flots de sa chevelure sombre.

Figurez-vous, dans un cadre de rameaux verts et de fleurs aux couleurs vives, une céleste image dessinée par Raphaël et peinte par Rembrandt, et vous aurez une idée à peu près exacte, quoique bien faible encore, du tableau qui, pendant le quart d'une minute, s'offrit aux regards du voyageur.

Nous disons *le quart d'une minute*, et nous le disons à dessein car un seul coup d'œil suffit à Marguerite pour reconnaître le jeune homme.

A l'instant même une belle nuance pourpre envahit son adorable visage et monta comme un nuage écarlate de la naissance de son cou jusqu'à la racine de ses cheveux ; — puis, le voyageur la saluant, elle s'inclina légèrement, moitié pour répondre à ce salut, moitié pour prendre Gibby dans ses bras.

Le store retomba, — la vision disparut.

Aussitôt le jeune homme s'éloigna d'un pas rapide ; mais au lieu de rentrer dans la ville en revenant sur ses pas, il s'engagea dans le premier chemin qui s'offrit à lui sur sa droite, et il marcha pendant près de trois quarts d'heure sans avoir conscience de ce qu'il faisait, — sans penser, ou du moins sans savoir à quoi il pensait, — et sans se préoccuper de l'endroit vers lequel se dirigeait sa marche impétueuse.

Le chemin était raide et difficile, — il n'en tenait compte.

Le soleil l'enveloppait dans une pluie de feu, — il ne s'en doutait seulement pas.

La sueur coulait à grosses gouttes sur son front et sur son visage, — il n'en avait nullement conscience et il la laissait couler sans songer à l'étancher avec son mouchoir.

Il lui fallut bien enfin s'arrêter... — mais cela ne fut qu'au moment où la terre, en quelque sorte, manqua devant ses pas.

Alors il jeta autour de lui un regard de suprême étonnement, et comme un homme qu'on éveille il revint au sentiment de la vie réelle.

Il était arrivé, à son insu, au sommet du piton rocheux qui forme le couronnement de *la Motte*, et de quelque côté qu'il lui plût de se tourner, sa vue embrassait de vastes espaces, plongeait sur d'admirables campagnes, et ne s'arrêtait qu'aux chaînes des montagnes qui fermaient de toutes parts les lointains horizons.

Mais à peine si le jeune homme regarda distraitement ce panorama splendide.

En même temps qu'il avait repris la conscience de lui-même, il s'était senti écrasé par la fatigue et par la chaleur.

Ses jambes ployaient sous son corps, — son cœur battait avec une violence douloureuse, — le sang affluait aux veines de son cou et de ses tempes, — des nuages passaient devant ses yeux, et ses oreilles étaient remplies de bruissements pareils au fracas lointain d'une chute d'eau.

A l'époque où se passèrent les faits que nous racontons, le sommet de la montagne n'était pas encore occupé par le monument qu'on a édifié depuis en l'honneur de la sainte Vierge, dont la statue s'élève sur un massif piédestal et sous une voûte ogivale d'où elle semble bénir la ville et les campagnes.

Le voyageur descendit de quelques pas, et fit le tour du piton afin de chercher un peu d'ombre qui pût l'abriter et une pierre sur laquelle il lui fût possible de s'asseoir.

Il trouva mieux qu'il ne l'espérait.

Dans la partie rocheuse qui fait face à la ville existait une grotte peu profonde, mais qui parut au jeune homme fraîche comme un souterrain, par comparaison avec l'atmosphère embrasée du dehors.

Le long des parois de cette grotte se voyaient des bancs grossiers, formés de pierres à peine équarries et ajustées les unes à côté des autres.

Ces bancs, — comme on le voit, — laissaient singulièrement à désirer sous le rapport du confortable, et cependant le jeune homme, en s'étendant sur l'un d'eux, ressentit une volupté inouïe.

Trois minutes après il dormait d'un sommeil profond et réparateur que, cette fois, nul rêve ne venait visiter.

Ce sommeil dura longtemps.

Il était tout près de six heures et demie du soir quand le voyageur s'éveilla enfin, les membres fort endoloris par le contact de la couche pierreuse à laquelle cependant il avait trouvé tant de charmes.

— En vérité, — se dit-il, tandis qu'il étirait ses jambes et ses bras, et qu'il enlevait avec son mouchoir la poussière dont ses vêtements étaient saupoudrés, — il est grandement temps que je quitte cette petite ville!! — Depuis vingt-quatre heures que j'y suis, ma vie se désorganise d'une façon bizarre!!... Si j'y devais rester longtemps, je ne sais vraiment pas ce qu'il adviendrait de moi!!! — Enfin, quoi qu'il arrive, demain je serai loin!!!

Et il se mit à redescendre du côté de Vesoul.

La déclivité de la pente rendant sa marche extrêmement rapide, il ne lui fallut pas plus de vingt minutes pour atteindre les premières maisons de la ville, dans laquelle il rentra par un chemin tout différent de celui qu'il avait suivi pour en sortir, et par conséquent sans passer devant la maison du commandant.

Le repas de la table d'hôte était fini quand il arriva à l'hôtel... — il prit solitairement son repas, pendant lequel il ne cessa de se répéter que la préoccupation qui le dominait depuis la veille était la chose du monde la plus ridicule et qu'il ne voulait plus penser à Marguerite.

Tout en se répétant cela, — ce qui, soit dit entre parenthèses, était encore un moyen de s'occuper de la jeune femme, — il tira de sa poche les portraits esquissés, la veille au soir, de souvenir, et il se mit à comparer ces croquis avec la rayonnante apparition de la terrasse.

Et comme il résulta de cet examen que, tout en reproduisant exactement les traits de Marguerite, il ne les avait point suffisamment *idéalisés*, il voulut réparer au plus tôt ce tort involontaire.

En conséquence il demanda de nouveau du papier, et prenant son crayon il se remit à dessiner ces traits charmants, qu'il ne croyait gravés que dans sa mémoire et qui l'étaient déjà dans son cœur.

Nous sommes forcé de convenir que notre héros avait, pour ne se plus occuper des gens, des procédés légèrement excentriques dont le succès nous paraît douteux, et que nous ne nous permettrions, sous aucun prétexte, de recommander à nos lecteurs en un cas pareil.

Passons sans nous arrêter sur les incidents, absolument nuls, du reste, ou de minime importance, par lesquels furent remplies les quelques heures qui devaient s'écouler avant le moment d'effectuer une nouvelle tentative de départ.

VII

Rejoignons le jeune homme au moment où, comme la veille, il fumait son cigare sur le trottoir désert en attendant l'arrivée de la diligence, et où le bruit de chaînes, de grelots, de coups de fouet et d'aigre fanfare, annonçant la venue de la lourde machine, se faisait entendre dans le lointain.

— Espérons, monsieur, que vous serez plus heureux aujourd'hui qu'hier! — lui dit l'employé en sortant du bureau.

— Oui, — oui, — espérons-le..., — répondit l'étranger d'un air assez soucieux.

L'employé reprit :

— Je serais fort surpris si, deux jours de suite, vous aviez une chance également mauvaise... —

Cela constituerait un fait anomal et dont j'aurais peine à me rendre compte, surtout en ce moment qui n'est pas encore l'époque de la rentrée après les vacances...

— Ah! — répliqua le voyageur, — ce soir j'ai toute confiance, — mais je tiens essentiellement à avoir une place de coupé!...

Il dit cela d'un air si lugubre que l'employé le regarda d'un air stupéfait.

Grelots, — fanfares, — grincements de fer sur le pavé, s'étaient rapprochés rapidement.

Les lanternes avaient apparu au tournant de la grand'rue comme deux énormes lampyres... — la voiture s'arrêta devant le bureau.

Un conducteur qui ne ressemblait à celui de la veille que par le costume et le portefeuille, se hâta de descendre de l'impériale.

— Avez-vous de la place, Josquin? — lui demanda l'employé.

— J'en ai trop! — grommela le conducteur.

— Intérieur, ou coupé?

— Partout. — Je n'ai que trois personnes dans l'intérieur, et le coupé est vide.

— Vous entendez, monsieur, — dit l'employé au voyageur; — le coupé tout entier est à votre disposition. — C'est une revanche...

— Une revanche complète! — murmura le jeune homme qui mâchait son cigare au lieu de le fumer — incontestable symptôme d'une grande perturbation intérieure.

L'employé reprit en s'adressant aux hommes de service :

— Défaites-moi la bâche, vous autres, et vite ! — il s'agit de charger les bagages du voyageur... — Nous disons quatre colis, n'est-ce pas ? — Voulez-vous reconnaître vos bagages, monsieur ?

— Inutile, — répondit d'un ton décidé le jeune homme, qui venait de prendre brusquement un grand parti.

Puis, comme il s'aperçut que ses auditeurs semblaient ne comprendre qu'imparfaitement, il ajouta :

— Je ne pars plus.

— Hein ? — s'écria l'employé.

— Je ne pars plus, — répéta le voyageur.

— Mais, monsieur, hier vous teniez tant à vous embarquer ?

— Hier, c'est possible.

— Tout à l'heure encore vous souhaitiez une place de coupé !...

— Je n'en disconviens pas.

— Eh bien, au lieu d'une, vous en aurez trois...

— J'en aurais dix, que ce serait absolument la même chose.

— Mais, monsieur, je vous ferai observer qu'une

personne de la ville s'est présentée cette après-midi dans nos bureaux pour retenir conditionnellement une place de coupé et, comme cette place vous était déjà promise, j'ai dû remettre cette personne à demain. — C'est donc un voyageur que nous allons perdre par votre fait ?

— N'est-ce que cela ?... — D'ici à Paris, quel est le prix, dans le coupé ?

— Cinquante francs.

— Les voici.

— Parfaitement, monsieur.

— Maintenant, je vous prierai de faire transporter mes bagages, demain matin, à l'hôtel de la Madeleine.

— Fort bien, — à quel nom ?

— Au nom de Henry Varner, qui se trouve gravé sur la plaque de ma valise.

— Avant dix heures les quatre colis seront à l'hôtel.

Le voyageur, que désormais nous appellerons Henry Varner, — reprit le chemin de la *Madeleine*, — tandis que l'employé le regardait s'éloigner en se disant :

— Voilà un monsieur qui très certainement a la tête à l'envers.

Etait-ce la tête ou le cœur ?

*
* *

La ville de Vesoul est située moitié dans la plaine, moitié sur la pente assez rapide du premier versant de la Motte ; — de là les dénominations de *ville haute* et *ville basse*, *grande rue haute*, *grande rue basse.*

Deux rues, — *la rue du Breuil* et *la rue Georges Genoux*, — mettent en communication directe la promenade publique, la place du Marché et la grand'-rue.

Plusieurs petites ruelles innommées débouchent dans la rue du Breuil, avec laquelle elles se croisent à angles droits, et vont aboutir aux prairies étroites et aux jardins maraîchers qui, de ce côté, occupent l'espace compris entre la rivière et la ville.

Engageons-nous dans une de ces ruelles, et après avoir passé devant l'établissement d'un charron, — devant une forge et devant une blanchisserie, — après avoir fait une centaine de pas entre des barrières à claire-voie enfermant des prés bordés de saules, — arrêtons-nous devant une maison, ou plutôt devant une masure d'aspect chétif, dont il importe de tracer ici un croquis rapide.

Figurez-vous une construction à peu près pareille aux demeures des paysans les plus pauvres, car elle n'a pas même un étage au-dessus de son rez-de-chaussée, et le toit, débordant les murailles sur lesquelles il s'appuie, jette son ombre aux fenêtres à petits carreaux, comme un vieux chapeau trop enfoncé sur le front et dont les bords avancés cachent à moitié les yeux.

Ce toit, couvert en tuiles multicolores, menace ruine et, par endroits, les lattes trop faibles et pourries par les infiltrations pluviales s'enfoncent à demi sous les briques lourdes, semblables à ces corbeilles d'osier qui se trouent et laissent échapper les cailloux qui les remplissent.

La mousse, cette dangereuse amie de tout arbre qui meurt et de toute maison qui chancelle, étale çà et là ses plaques vertes, et hâte la destruction de la charpente qu'elle dissout de plus en plus par son humidité permanente.

Les murs, construits avec des moellons de rebut, étaient jadis recouverts d'un crépissage épais qui dissimulait de son mieux les défectuosités de la maçonnerie.

Les pluies et les gelées ont fait tomber par larges écailles cet enduit de plâtre, donnant ainsi à la maison une apparence malsaine, et en quelque sorte *dartreuse*... — Qu'on nous passe cet ignoble mot qui rend avec énergie notre pensée.

La façade, — si l'on peut employer cette expression pompeuse pour indiquer le côté de la maison qui fait face à la rue, — est percée de trois ouvertures irrégulières.

Une porte à un seul battant, dont les panneaux déjetés et crevassés semblent vouloir échapper aux gonds rouillés qui les retiennent, — une fenêtre sans volets, aux vitres étoilées, maintenues par des bandes de papier collées sur les cassures du verre, enfin, dans le haut du pignon une lucarne ronde, obstruée par les guipures des toiles d'araignées et destinée à donner de l'air et de la lumière au grenier.

Sur le rebord extérieur de cette lucarne, des graines apportées par le vent ont germé dans la poussière, et deux ou trois touffes de longues herbes flottent au vent comme un verdoyant panache.

Un enclos attenant à la maison, et entouré d'une palissade disloquée et d'une haie d'épines à fleurs blanches, s'étend à droite et en arrière.

Cet enclos peut avoir cent pas de longueur sur cinquante de largeur.

Il est divisé en carreaux dans lesquels croissent quelques choux maladifs, — des carottes étiolées, — des pommes de terre rachitiques, — de maigres panais et des tiges d'oseille presque sans feuilles.

Une demi-douzaine d'arbres fruitiers rabougris végètent au milieu des carreaux. — La mousse dévore leur écorce... — la moitié des branches sont mortes ; — ils ne produisent que des hannetons.

Au fond du jardin un tonneau enfoncé dans la

terre de manière à présenter son orifice au niveau du sol, est rempli d'une eau vaseuse et gluante que les grenouilles et les crapauds des environs semblent apprécier infiniment.

Quelques *soleils*, — quelques *pavots*, — quelques *roses trémières* (qu'en Franche-Comté l'on appelle *roses à bâtons*) croissent le long de la maison, et constituent toute l'élégance et tout le luxe de ce misérable jardin.

Enfin, sur des ficelles rattachées en cent endroits et qui courent d'un pieu à un autre dans l'intérieur de l'enclos, sont suspendues presque sans cesse, pour y sécher au soleil, des loques indescriptibles qui n'ont plus ni forme ni couleur, et auxquelles il est à peu près impossible, même après un long et minutieux examen, d'assigner un usage vraisemblable, et de découvrir une utilité quelconque.

Si vous pénétrez dans l'intérieur de cette maison...

Mais à quoi bon soulever le cœur de ceux qui nous lisent par des tableaux repoussants et sans but?

L'intérieur est le digne complément de l'extérieur, c'est tout dire!...

Rêvez les détails hideux de la plus immonde malpropreté, et vous serez encore de beaucoup en deçà du réel et du vrai.

Telle est aujourd'hui cette masure, habitée par une famille de dix personnes, le père, la mère et huit enfants, — population mendiante et lâche, grouillant dans une abjecte misère et, au lieu de chercher à en sortir par le travail, préférant tendre la main, dans les rues et sur les grands chemins, à l'aumône injurieuse qui ravale et dégrade celui qui la reçoit.

Ne craignez point, ami lecteur!... — nous n'aurons pas à nous occuper de cette famille.

Si nous en avons dit quelques mots, c'est que ces mots étaient nécessaires pour nous permettre d'établir une comparaison entre le présent et le passé.

Trois ans avant l'arrivée à Vesoul du voyageur que nous savons maintenant se nommer Henry Varner, la maison que nous venons de décrire, ou plutôt de photographier, n'était point un logis luxueux, — il s'en fallait de beaucoup, hélas!!

Déjà le toit laissait fort à désirer sous le rapport de la régularité de sa couverture. — Déjà quelques écailles du crépissage s'étaient soulevées. — Déjà, enfin, la porte était dans un état douteux de conservation.

Et cependant quelqu'un qui alors aurait vu cette pauvre demeure, aurait grand'peine à la reconnaître aujourd'hui...

La raison en est simple.

L'ordre et la propreté régnaient, en ce temps-là, où le désordre et l'incurie trônent à présent.

Aucune toile d'araignée n'obstruait la lucarne

du pignon, — pas un seul carreau ne manquait aux fenêtres, et ces carreaux de verre commun, parfaitement intacts, étaient nettoyés et polis avec autant de soin que des vitres de cristal.

La haie d'épines blanches, correctement émondée, cachait sous ses rameaux épais l'état de délabrement de la clôture.

Les arbres fruitiers, taillés avec sagesse, voyaient leurs rameaux plier à l'automne sous le poids des pommes et des poires.

Dans la terre suffisamment travaillée les légumes de toutes sortes poussaient avec une vigueur exubérante.

Des plates-bandes remplies de fleurs communes, mais bien choisies et de couleurs vives admirablement assorties pour le plaisir des yeux, bordaient le contour des allées, toujours aussi bien ratissées que celles du Luxembourg ou des Tuileries.

Enfin le tonneau enfoncé dans la terre et jouant le rôle de bassin, était rempli d'une eau limpide sur laquelle flottait un petit cygne en fer-blanc peint.

A cette époque, la maison qui nous occupe était habitée par deux femmes sans fortune, madame Marie-Monique Chesnel, et mademoiselle Marguerite Chesnel, sa fille.

VIII

L'histoire de madame Chesnel était d'une extrême simplicité et peut se résumer brièvement.

Issue d'une famille d'honnêtes artisans, Marie-Monique avait appris, chez les sœurs de Charité, à lire, à écrire et à travailler.

Fort adroite de ses mains et nullement dépourvue de goût, elle était devenue couturière assez habile et, dès l'âge de dix-sept ans, elle gagnait sa vie et venait en aide au ménage de ses parents en allant travailler en journées dans toutes les maisons où l'on avait besoin d'une ouvrière.

Elle ne manquait pas d'ouvrage et ne risquait guère d'en manquer jamais, car les familles de notables et de commerçants aisés la recher haient de préférence à toute autre, non seulement à cause de sa supériorité dans le maniement des ciseaux et de l'aiguille, mais encore à raison de sa politesse, de sa bonne réputation et de sa jolie figure.

Marie-Monique Taillandier était en effet charmante; — sous son petit bonnet de grisette elle avait le visage le plus frais, les plus beaux yeux, la physionomie la plus piquante qu'il fût possible d'imaginer.

Ce visage, sans offrir l'idéale noblesse qui devait caractériser un jour celui de sa fille, ne manquait cependant pas d'une réelle distinction.

Bien des femmes du monde, — et non point des plus disgraciées, — auraient envié l'air de dignité naturelle de la pauvre ouvrière.

Chez une jeune fille de cette classe et de cette profession, la beauté n'est souvent qu'un don fatal, qu'un dangereux trésor.

Demandez plutôt au proverbe populaire qui dit, en parlant de toute jolie fille vouée au travail :

— *Elle a des yeux à la perdition de son âme!*

La forme de ce dicton n'est peut-être pas très correcte, mais à coup sûr le fond en est moral et surtout absolument vrai.

Sur vingt ouvrières douées de quelques attraits, quinze au moins se perdent d'une façon à peu près irrémédiable.

Que voulez-vous?... — ne faut-il pas au minotaure du libertinage des vierges pauvres à dévorer?...

Eh bien! Marie-Monique, — (éclatante exception à la triste règle générale que nous venons de formuler), — tout en étant la plus séduisante grisette de la ville, en était aussi la plus sage.

Chose remarquable, — chose presque incroyable dans une petite ville, — cette sagesse n'était contestée par personne !!

La calomnie elle-même mettait bas ses armes et s'avouait vaincue d'avance en face du front si chaste et des grands yeux si candides de Marie-Monique.

Et cependant cette vertu triomphante et universellement reconnue avait été souvent attaquée...

D'audacieux assauts étaient venus échouer devant cette forteresse que gardaient la vigilante pudeur et le respect de soi-même...

Dans les maisons où la jeune fille allait travailler, ils étaient nombreux les maris gaillards prêts à donner au contrat quelques coups de canif, — toujours en quête de bonnes fortunes payées comptant à prix débattu !...

Ils étaient nombreux aussi les fils de famille encore mineurs, tenus de près par des parents rigides, — empêchés de jeter leur gourme au dehors et fort séduits par la perspective attrayante de mener à bien une intrigue amoureuse sous l'abri du toit paternel !

Les vieux maris offraient de l'argent.

Les jeunes gens offraient de l'amour.

Tous promettaient une inviolable discrétion et une constance à toute épreuve.

Marie-Monique, — trop véritablement sage pour être prude, — les laissait dire sans se fâcher, et leur répondait en riant qu'elle se reconnaissait indigne du grand honneur qu'ils lui voulaient faire en abaissant sur elle leurs regards...

Si quelques-uns, — ne se tenant pas à l'instant même pour battus, — essayaient de pousser les choses plus avant, et joignaient à leurs beaux discours une tentative de pantomime irrespectueuse, — Marie-Monique fronçait les sourcils, et d'un seul coup d'œil, moderne Jeanne d'Arc, faisait reculer la main audacieuse du Lovelace trop entreprenant.

A deux ou trois reprises des officiers de la garnison, dons Juans à la taille fine et aux petites moustaches retroussées, habitués à abandonner d'innombrables Arianes dans toutes les cités qu'ils quittaient, firent des folies pour se rapprocher de Marie-Monique et pour l'emporter dans son cœur sur les habitants de la ville, — lesquels, nous le savons, laissaient ce cœur parfaitement calme.

Pour les uns comme pour les autres, le résultat fut absolument et incontestablement négatif.

Au milieu de toutes ces tentatives de séduction, l'ouvrière passait insouciante et pure, et chaque jour plus belle que la veille...

Quelques femmes riches, appartenant à l'aristocratie du département, s'émurent à la pensée des périls qui menaçaient la vertu de Marie-Monique et, voulant mettre un infranchissable rempart entre la jeune fille et les périls quotidiens, lui proposèrent de la prendre à leur service en qualité de femme de chambre.

La grisette avait l'âme indépendante.

Elle voulait bien se mettre comme couturière à la disposition du public et travailler pour tous ceux qui la payaient, — mais l'idée d'être aux ordres d'une seule personne ne lui plaisait point.

Néanmoins, l'intention de ses protectrices étant bonne et charitable elle en fut reconnaissante.

Elle remercia comme il convenait, — tout en refusant d'agréer les offres qu'on lui faisait, — et elle donna pour raison de ce refus que sa famille ne pouvait se passer d'elle, — qu'après sa journée elle consacrait chaque soir quelques heures aux soins du ménage, — et enfin, s'étant bien défendue toute seule et sans aide jusqu'à ce jour, elle continuerait, Dieu aidant, à se défendre de même à l'avenir.

Nous sommes forcé d'avouer que les femmes riches, — de qui nous parlions à l'instant, — se sentirent un peu formalisées de ce refus, quelque bien motivé qu'il fût, et déclarèrent avec une conviction douloureuse que la grisette péchait par excès d'orgueil et de confiance en elle-même, et qu'un jour ou l'autre, un peu plus tôt ou un peu plus tard, elle finirait par tourner à mal, ce dont elles se laveraient les mains, ayant fait tout ce qui pouvait dépendre d'elles pour éviter une catastrophe.

Leurs prédictions néfastes ne semblaient point d'ailleurs devoir se réaliser de sitôt.

Le temps passait, — les jours succédaient aux jours, — les mois aux mois, — les années aux années, et Marie-Monique ne se perdait pas !

— C'est étonnant !... — disaient les âmes charitables susmentionnées, — l'orgueil est cependant un des sept péchés capitaux, et infailliblement il doit conduire à l'abîme ceux qu'il aveugle !... Du reste Marie-Monique est encore jeune... il faudra voir la fin...

Le monde fourmille de gens ainsi faits !

Au fond ils ne sont point méchants, mais, s'ils ont prédit que le mal devait arriver, ils souhaitent assez volontiers que le mal arrive, afin de prouver combien leurs calculs étaient justes et leurs prévisions bien fondées...

Et ce sont là *de bonnes gens*... — du moins on les appelle ainsi.

Jugez de ce que sont les autres...

Tandis que se croisaient autour de la grisette les

propositions déshonorantes et les inutiles offres de service, — d'autres demandes d'un genre absolument différent arrivaient jusqu'à elle.

D'honnêtes ouvriers, des gens du peuple, laborieux et habiles travailleurs, se mirent sur les rangs pour obtenir sa main.

Les uns et les autres,—et sous des prétextes plus ou moins plausibles, — furent évincés impitoyablement.

Pourquoi cela ? — demandera-t-on. — Est-ce que la jeune fille avait fait vœu de célibat ?

En aucune façon, et voici le motif réel de tous ces refus :

L'ouvrière, par suite de son contact incessant avec des gens d'une caste supérieure à la sienne, s'était élevée réellement au-dessus de sa classe.

Elle avait pris des idées et des goûts, sinon de luxe ou même de bien-être, du moins de soins intelligents de sa personne et de minutieuses recherches de propreté.

Sous ce dernier rapport sa toilette de tous les jours, qui certes dans son ensemble ne valait pas quinze francs, ne le cédait point à celle d'une duchesse.

Elle blanchissait elle-même pendant la nuit son linge, ses jupons et ses robes, afin que ces pauvres objets fussent sans cesse d'une irréprochable fraîcheur.

Hiver comme été, chaque matin elle se levait au point du jour, — elle plongeait dans une eau glacée sa figure rose et ses bras blancs, et longuement elle peignait et lissait sa magnifique chevelure brune, — non par coquetterie, nous le répétons, mais par un soin intelligent de sa personne.

La propreté, ce luxe du pauvre, était son seul luxe; — mais, celui-là, bien peu de millionnaires le poussaient aussi loin qu'elle.

Or, Marie-Monique savait à merveille quelle est en province l'existence de la femme d'un ouvrier, — même quand cet ouvrier est un bon sujet, un travailleur énergique, et qu'il gagne quelque argent.

La *ménagère* doit tenir en bon ordre la garde-robe de son mari, dont le plus souvent l'incurie, en matière de toilette, est chose désolante; elle doit de plus veiller à tous les détails de l'intérieur et préparer les repas.

Ces divers soins absorbent une partie des journées de la jeune femme et, tout en l'assujettissant à des travaux pénibles et parfois répugnants, ne lui laissent que bien peu de temps pour elle-même...

Mais ceci n'est rien encore...

Il arrive assez souvent que l'union des gens riches reste stérile, — bizarrerie de la nature que la science médicale, à l'heure qu'il est, ne se charge point encore d'expliquer d'une façon péremptoire.

Les alliances entre pauvres diables sont presque

toujours, au contraire, déplorablement fécondes!...

Marie-Monique n'ignorait pas ce que devient la destinée de la femme, lorsque les enfants arrivent dans un ménage de travailleurs.

Quand trois ou quatre bambins se sont suspendus successivement à la mamelle de la mère, celle-ci ne garde plus de la femme que le sexe et le vêtement.

Adieu pour elle la beauté, la jeunesse, le soin intelligent de soi-même et de ceux qui l'entourent; — il lui faut vivre au milieu d'un incurable désordre, car le temps lui manque pour purifier son intérieur devenu une sorte de succursale des étables d'Augias, et au bout de bien peu d'années la jolie fille appétissante et fraîche du jour du mariage, est métamorphosée en une créature vieille avant l'âge, avachie, usée, flétrie, repoussante pour tous les sens et blessante pour tous les organes.

De cette existence et de cette destinée, Marie-Monique ne voulait à aucun prix.

Avait-elle tort ou raison?

Ce n'est point à nous qu'il appartient de le décider.

La grisette ne voulait pas...

Tout est dit!...

Nous faisons un récit et non une dissertation. — Nous disons ce qui a été, et nous ne cherchons pas ce qui aurait dû être.

IX

Le temps avait passé.

Marie-Monique, tout aussi sage qu'au jour de sa quinzième année, allait avoir trente ans.

Comme jadis elle vivait de son aiguille, mais elle en vivait seule, ses parents étant morts depuis longtemps déjà.

La beauté de l'ouvrière n'avait rien perdu, — au contraire.

Les charmes de Marie-Monique s'étaient développés dans des merveilleuses proportions. — La Vierge du Pérugin était devenue une nymphe du Corrège ou de l'Albane. Cette beauté, si chaste qu'elle fût, parlait maintenant autant à l'imagination et aux sens qu'à l'âme et au cœur.

Elle n'avait perdu aucune de ses séductions, — elle en avait acquis de nouvelles.

Il était d'ailleurs impossible de supposer que l'ouvrière eût dépassé l'âge de vingt-trois ou vingt-quatre ans, tant son front restait uni et en quelque sorte candide, tant ses joues fermes et marquées de petites fossettes conservaient le coloris velouté de la première jeunesse.

Malgré ce radieux éclat qu'elle semblait devoir garder longtemps encore Marie-Monique, que l'expérience du passé rendait défiante à l'endroit de l'avenir, avait perdu tout espoir de se marier.

Elle en prenait d'ailleurs fort gaillardement son parti.

Souvent on l'entendait s'écrier en riant :

— J'ai coiffé sainte Catherine ! ! — mon sort est fixé ! ! — fille j'aurai vécu, fille je mourrai, et très vieille fille s'il plaît à Dieu !... — Je ne m'en plains point, et je me déclare contente de mon lot ! — Le célibat n'est pas sans mérite !... — Combien je connais de femmes qui, s'il était possible qu'un pareil miracle s'accomplît en leur faveur, souhaiteraient ardemment redevenir filles !... — Un mari, je le crois sans peine, est une bonne chose... quand il est bon... mais il y en a tant de mauvais, — et les médiocres sont si nombreux !

Ainsi philosophait la belle couturière, — et, — chose peu commune en ce monde, — son langage était bien véritablement l'exacte expression de ses sentiments.

Et voyez un peu les fantasques caprices de la destinée, féconde en contradictions de toutes sortes! — telles vieilles filles aigries au delà de toute vraisemblance par les obsessions de leur virginité *montée en graine*, — (qu'on nous passe cette expression triviale mais pittoresque), — telles vieilles filles, disons-nous, vivent et meurent dans les accès d'une haineuse rage contre les hommes qui ne savent point les apprécier et les épouser!...

Marie-Monique, au contraire, doucement résignée à son sort et ne désirant qu'à peine un changement d'état, devait trouver sans le chercher ce mari qu'elle n'espérait plus !...

Un grand et beau jeune homme de trente-six ou trente-huit ans, — Maurice Chesnel, — originaire d'un gros bourg situé sur les confins du département de la Haute-Saône et de celui des Vosges, vint se fixer à Vesoul pour y exercer la médecine.

Chirurgien-major dans un de nos héroïques régiments de chasseurs d'Afrique, il avait reçu une balle dans le bras gauche pendant une expédition en Kabylie. — Cette blessure ayant nécessité l'amputation, il revenait dans sa province natale avec un bras de moins et la croix d'officier de la Légion d'honneur.

Orphelin et n'ayant plus de parents, ou du moins plus que des parents très éloignés dans le bourg où il était né, manquant d'ailleurs absolument de fortune, Maurice Chesnel avait choisi Vesoul pour y établir sa résidence, parce que le nombre des habitants lui semblait devoir favoriser l'exercice de sa profession.

Nous l'avons dit, l'ex-chirurgien-major était beau ; — son visage martial, — son teint bistré par le soleil africain, — sa longue barbe brune, — sa rosette d'officier, — lui donnaient une grande mine.

Son bras mutilé lui-même attirait sur lui l'intérêt.

Ajoutez à tout ceci une science véritable, — un mérite réel, — et vous comprendrez sans peine que le nouveau venu se trouva bien vite à la mode, et qu'il eut promptement une clientèle nombreuse et choisie, — non seulement dans la ville, mais encore dans les environs.

Au bout de six mois il gagnait à lui seul autant d'argent que les autres médecins de Vesoul ensemble, et c'est à peine si les deux chevaux arabes qu'il avait ramenés d'Algérie pouvaient suffire à le transporter partout où l'on réclamait sa présence et ses soins.

Presque chaque jour, dans quelques-unes des maisons qu'il fréquentait, Maurice Chesnel rencontrait Marie-Monique, assise et travaillant auprès d'une fenêtre, tantôt dans l'antichambre, tantôt dans la salle à manger.

Il ne donna d'abord à la couturière que cette attention banale que tout homme accorde à une belle fille.

Cette attention vague se modifia rapidement et ne tarda guère à devenir exclusive, — puis passionnée.

Un beau matin, en s'interrogeant lui-même sur la nature des sentiments qu'il éprouvait, Maurice Chesnel fut bien forcé de s'avouer, — avec un vif dépit, — qu'il était réellement et très notablement épris de l'ouvrière.

D'où venait ce dépit?

Nous allons l'expliquer en peu de mots.

Comme tout le monde, l'ex-chirugien-major avait entendu parler de la sagesse inébranlable de Marie-Monique, — et chaque fois que, devant lui, quelque allusion était faite à cette sagesse il hochait la tête en souriant.

— Qu'y a-t-il? — lui demandait-t-on.

— Rien, — répondait-il.

— Alors pourquoi souriez-vous?

— Ce sont de vieux souvenirs qui me reviennent et qui me mettent en gaieté.

— Peut-on les connaître?

— Ils n'ont d'intérêt que pour moi...

— Est-ce qu'ils ont rapport à Marie-Monique, ces souvenirs?

— En aucune façon.

Naturellement on n'insistait pas, et le médecin gardait le secret de son sourire.

Le fait est que Maurice Chesnel, — matérialiste comme le fut Broussais et comme le sont un grand nombre de chirugiens qui, à force de fouiller dans le corps humain sans y trouver l'âme, finissent par douter de tout excepté des sens et de leur action, — le fait est, disons-nous, que Maurice Chesnel ne croyait point à la vertu des femmes en général, — à la sagesse des couturières en particulier, — et spécialement à celle de Marie-Monique.

— Cette fille est très belle, — se disait-il, — très remarquablement belle, et passe pour très pure...

» Qu'est-ce que cela prouve?

» Qu'elle est plus habile qu'une autre — qu'elle cache hypocritement son jeu — et qu'elle trouve moyen d'allier le culte du plaisir avec les honneurs de la vertu!...

» Une créature de ce calibre est bien forte! — Pour réussir auprès d'elle il doit être indispensable de se donner beaucoup de mal!... — et voilà justement ce que je ne peux faire... — Mes occupations et ma position me défendent impérieusement de devenir l'assidu courtisan d'une grisette...

» Que penseraient mes clients s'ils me voyaient m'atteler au char de Marie-Monique?...

» Ils riraient de moi... — et ils auraient ma foi bien raison!...

» Et ce n'est pas tout!...

» Dans les petites villes, la pruderie est à l'ordre du jour! — je passerais bien vite pour un homme sans moralité, — pour un libertin, — pour un suborneur! — Les trois quarts des portes se fermeraient devant moi, et il me faudrait dire adieu au riche mariage que je ferai sans doute et même certainement car, à l'heure qu'il est, je ne sais guère d'honorable famille qui refusât de me donner sa fille si je la lui demandais...

» Allons, il ne faut plus penser à cette ouvrière!... — J'en suis amoureux, — mais qu'importe?

» Il ne doit pas être beaucoup plus difficile d'extirper un amour qui n'est pas encore solidement enraciné, que de couper un bras ou une jambe! »

. . . .

Voilà ce que se disait et se répétait le médecin, et son discours prouvait (selon nous) jusqu'à l'évidence que s'il connaissait dans ses moindres détails l'organisation du corps humain, il ne savait pas le premier mot des mystères du cœur.

L'amour ne s'extirpe point comme une molaire et une incisive, et les efforts que l'on fait pour l'arracher ne servent presque toujours qu'à le rendre plus fort et plus indestructible.

Maurice Chesnel ne tarda guère à l'apprendre par sa propre expérience.

Le sentiment qu'il éprouvait pour Marie-Monique, et auquel il n'avait attribué d'abord que les proportions d'une fantaisie, se métamorphosa rapidement en une passion bien caractérisée, et le médecin se dit qu'il lui fallait à tout prix devenir l'amant de la belle ouvrière.

— Elle est pauvre, —pensa-t-il, — elle ne résistera point à des offres aussi brillantes que le seront les miennes !... — la clef d'or ouvre toutes les portes... — celle de la vertu de Marie-Monique ne restera pas fermée plus que les autres. — D'ailleurs, cette jolie fille tient à sa réputation. — Autant qu'elle, au moins, j'ai besoin d'un absolu mystère. — Elle le comprendra sans peine, et nous saurons dérober aux regards les plus clairvoyants le secret de notre liaison...

La détermination de Maurice Chesnel était prise, — il avait résolu de parler.

Mais, pour mettre ce projet à exécution, il fallait trouver moyen d'écarter certaines difficultés matérielles assez embarrassantes.

Le médecin ne pouvait aller chez Marie-Monique sans donner prise à la médisance. — Comment se trouver en tête-à-tête avec elle assez longuement pour pouvoir s'expliquer et s'entendre?

Presque chaque jour, — nous l'avons dit, — Maurice rencontrait l'ouvrière dans des maisons tierces, — mais ces rencontres ne duraient que quelques secondes, et en outre elles avaient toujours des témoins.

Le médecin cherchait, — et son imagination, peu fertile en ruses amoureuses, ne lui suggérait aucun expédient.

Il commençait à se décourager.

Le hasard lui vint en aide à l'improviste, de la façon la plus complète et la plus inespérée.

Voici comment Maurice Chesnel obtint ce secours inattendu, si favorable à la réalisation du dessein qu'il avait conçu.

— Mon cher docteur, — lui dit un jour la femme d'un conseiller de préfecture, — vous avez dû voir quelquefois dans mon antichambre, une ouvrière ?...

Maurice ne pouvant deviner quel était le but de cette question, se sentit prêt à perdre contenance.

— Mais, — répondit-il, — je ne sais trop...

— Vous ne vous en souvenez plus sans doute, mais il est à peu près impossible que vous ne l'ayez pas remarquée... — une très jolie fille blanche et rose, — l'air distingué, — de beaux yeux, — de beaux cheveux, — une tournure gracieuse et décente, — Marie-Monique, enfin, la belle Marie-Monique, — la plus honnête personne de la terre... — tout le monde la connaît à Vesoul...

— Peut-être, — mais moi je ne suis pas de Vesoul... — Enfin, madame, oserai-je vous demander pourquoi vous me parlez de cette personne?...

— Parce qu'elle est malade.

Malgré lui, Maurice pâlit.

— Gravement? — demanda-t-il d'une voix qu'il s'efforça de rendre ferme.

— J'espère bien que non.

— Quelle est sa maladie?

— Je ne saurais trop vous le dire. — Hier Marie-Monique devait venir travailler à la maison, — elle m'a manqué de parole. — Ce matin, voyant qu'elle n'arrivait pas plus qu'hier et sachant combien, d'habitude, elle est exacte, j'ai envoyé chez elle ma femme de chambre qui a trouvé cette pauvre fille dans son lit avec la fièvre. — Marie-Monique se traite, à ce qu'il paraît, avec de fortes doses de je ne sais quelle tisane qu'elle s'est ordonnée à elle-même, ce qui peut être dangereux, n'est-ce pas, docteur?...

— Très dangereux, oui, madame, pour peu que l'indisposition soit grave,..

— Elle a dit à ma femme de chambre qu'elle sentait bien que ce n'était rien et qu'elle en serait quitte pour quelques jours d'inaction et, à cette demande : *Pourquoi ne faites-vous pas venir un médecin?* — elle a répondu en riant : *Parce que ce serait trop cher, et que je suis trop pauvre pour me permettre ce luxe-là.* — Maintenant, mon cher docteur, vous devinez ce que j'attends de vous.

— Que j'aille voir votre malade, n'est-ce pas?

— Justement... — et veuillez vous considérer comme mon créancier pour le prix des visites que vous lui ferez...

Maurice involontairement, rougit.

— Permettez-moi, — dit-il, — de réclamer pour moi tout seul la bonne œuvre que vous m'indiquez... — je soignerai votre protégée pour rien...

— Mais, — interrompit la femme du conseiller de préfecture, — il me semble...

— Je la soignerai pour rien, — reprit le médecin, — ou je ne la soignerai pas du tout...

— Allez donc... et que votre volonté soit faite.

— L'adresse?

— Rue du Collège, n°...

— J'y serai dans cinq minutes...

Maurice Chesnel sortit, le cœur palpitant, et se dirigea vers la maison où demeurait Marie-Monique.

X

La maison habitée par l'ouvrière était un de ces vieux logis du moyen âge qui sont rares à Vesoul, car la pauvre ville, saccagée et brûlée à dix reprises, a gardé peu de constructions anciennes témoins encore debout d'un passé désastreux.

Cette maison, bâtie en pierres de taille noircies par le temps, — avec sa porte ogivale surmontée d'un écusson mutilé, et ses croisées coupées en quatre par la croix de pierre symbolique, — offre deux étages de hauteur.

Au bout d'un couloir étroit et sombre existe un escalier en forme de vis, dont toutes les marches ont été usées dans le milieu par les pas de vingt générations successives.

Le logement de Marie-Monique se trouvait dans la partie la plus élevée de la maison.

Le rez-de-chaussée était occupé par un cordonnier à qui Maurice s'adressa, et qui lui répondit :

— Monsieur le médecin, montez tout en haut, — vous verrez sur la porte une carte collée, et sur cette carte il y a écrit : *Marie-Monique Taillandier, couturière.* Pas moyen de se tromper.

Maurice s'engagea dans le noir escalier, éclairé seulement d'étage en étage par une sorte de mâchicoulis très étroit pratiqué dans l'épaisseur de la muraille, et ne laissant passer qu'un faible rayon lumineux pareil à cette clarté douteuse qui descend au fond des cachots.

Au sommet des degrés il vit la porte et, sur la porte, l'écriteau indicateur.

Il frappa.

Personne ne répondit.

Il pesa sur le loquet, et la porte s'ouvrit.

Maurice se trouva dans une grande pièce triste et froide, aux murailles entièrement nues et n'ayant d'autres meubles qu'une haute armoire ancienne, une petite table en bois blanc et deux escabeaux.

Sur la petite table étaient posés quelques ustensiles de ménage.

Au fond se voyait une seconde porte.

Maurice frappa à celle-ci, comme il avait frappé à la première.

— Qui est là ? — demanda une voix faible.

— Le médecin... — répondit Maurice.

— Entrez.

Maurice ouvrit d'une main tremblante, et franchit le seuil d'une chambre qui formait un frappant contraste avec celle qu'il venait de quitter.

Autant l'une était sombre et d'aspect lugubre, autant l'autre était aérée, lumineuse et en quelque sorte souriante.

Cela s'explique.

La fenêtre de la première pièce s'ouvrait sur une cour étroite et semblable à un puits.

Celle de la seconde prenait jour sur la rue, ou plutôt sur le ciel car, en face d'elle, il n'y avait que des jardins qu'elle dominait de très haut.

Un petit papier commun mais d'une jolie couleur, semé de fleurs roses et bleues, couvrait les murs.

Des lithographies enluminées, représentant des sujets pieux et les aventures de Mathilde et de Malek-Adel, s'alignaient symétriquement dans leurs cadres de bois noir.

La commode, — la table, — les chaises, — étaient en noyer ciré, et si brillantes qu'on aurait pu les croire vernies.

Le carreau, soigneusement mis en couleur et frotté, étincelait; — sur la cheminée se voyaient une pelote en coquillages et des bouquets de fleurs artificielles dans deux vases d'ancienne faïence italienne, sans valeur pour l'ouvrière et qui se payeraient aujourd'hui fort cher à l'Hôtel des ventes.

Ces vases se dressaient de chaque côté d'une statuette de la sainte Vierge en plâtre colorié.

Enfin le lit, en noyer comme les autres meubles, disparaissait à demi sous de larges rideaux en cotonnade d'une éclatante blancheur.

Dans ce lit Marie-Monique était couchée, — le visage animé par la fièvre, — ses longs cheveux bruns à demi dénoués, épars sur l'oreiller blanc, si belle, enfin, que Maurice Chesnel en fut ébloui.

— Monsieur, — dit vivement l'ouvrière, — vous êtes bien bon d'être venu, mais je n'avais pas demandé de médecin...

— Je le sais, mon enfant, et de votre part c'était un tort grave, que par bonheur il est grandement temps de réparer.

— Comment avez-vous su que j'étais malade ?

— Par une personne qui s'intéresse beaucoup à vous...

— Qui donc ?

— Madame ***

— Et c'est elle qui vous a envoyé ?

— C'est elle.

— Eh bien, monsieur, vous allez voir que la chère et bonne dame s'inquiète à mon sujet sans motif, et que ce que j'ai ne vaut véritablement pas la peine que l'on s'en occupe...

— Je vois en effet que c'est peu de chose ; mais une indisposition, si légère qu'elle soit, peut s'aggraver si on la néglige.

— Mais j'ai bien soin de moi, monsieur.

— Que faites-vous ?

— Je bois de la tisane.

— Qui la prépare ?

— Moi-même.

— Avec quoi la préparez-vous ?

Marie-Monique nomma deux ou trois plantes anodines qui, infusées dans de l'eau chaude, ne pouvaient à la vérité faire aucun mal mais ne pouvaient non plus produire aucun bon résultat.

Maurice sourit.

— De qui tenez-vous cette belle recette ? — demanda-t-il.

— De ma pauvre mère qui l'employait toujours, et toujours avec succès.

— *C'est la foi qui sauve!* — pensa le médecin, puis il reprit :

— Voulez-vous me donner votre main, j'ai besoin de vous tâter le pouls.

Marie-Monique sortit son bras du lit.

La manche de sa chemise était courte.

Son beau bras blanc velouté, qui pour la première fois se montrait aux regards d'un homme, avait l'éclat et la pureté de forme des chefs-d'œuvre de la statuaire antique.

— Comment peut-il se faire qu'on trouve dans la classe pauvre d'aussi admirables créatures? — se demanda Maurice, tout en appuyant ses doigts sur la peau fine et transparente sous laquelle il sentit la veine battre à coups redoublés.

Le contact de cet épiderme fit courir dans tout son être et descendre jusqu'à son cœur une sorte de frisson semblable à celui que cause le choc d'une faible étincelle électrique.

Et il pensait :

— Que doit être le corps auquel s'attache un bras pareil?... Oh! Pradier, quel chef-d'œuvre serait sorti de tes mains, si le dieu des artistes avait envoyé sur ton passage ce modèle splendide...

Et ses regards cherchaient à se rendre compte des contours qui se dessinaient en un relief hardi sous les draps.

Cependant les yeux de Marie-Monique interrogeaient les yeux du médecin.

L'ouvrière semblait étonnée de son silence, et même quelque peu inquiète.

— Est-ce que ce serait plus grave que je ne le croyais, monsieur?... — fit-elle enfin.

— Non, mon enfant, non... rassurez-vous... — Votre maladie, je vous l'affirme, n'est en aucune façon dangereuse et la convalescence ne tardera point...

— Bien vrai?...

— Oui, bien vrai.

— Vous ne dites pas cela pour me rassurer?...

— Non, — je vous en donne ma parole d'honneur!... — Seulement, il vous faut des soins assidus, — et, de plus, quelques médicaments bien simples et peu coûteux sont indispensables...

Le visage de Marie-Monique prit une expression effrayée.

— Q'avez-vous donc? — lui demanda Maurice.

— Comment faire, monsieur?... — Ces médicaments dont vous parlez, je ne puis me lever pour aller les prendre à la pharmacie...

— Ne vous inquiétez de rien, mon enfant... — je vais écrire une petite ordonnance... — j'irai moi-même chercher ce dont vous avez besoin... — je vous apporterai les deux ou trois fioles qui contiendront la guérison prompte et certaine, et vous n'aurez qu'à boire d'heure en heure une cuillerée de leur contenu... — Vous voyez que c'est bien facile...

— Sans doute, monsieur, mais...

— Mais quoi?

L'ouvrière baissa les yeux ; une rougeur nouvelle s'ajouta à la teinte pourpre que la fièvre mettait sur ses joues.

Elle balbutia d'une voix à peine distincte :

— Vous êtes bon, monsieur... et je vous remercie de toute mon âme... Mais je suis pauvre... je n'ai pour vivre que mon travail... et je ne saurai comment reconnaître tout ce que vous voulez faire pour moi...

— N'est-ce que cela qui vous inquiète? — dit Maurice. — Tranquillisez-vous, mon enfant... — Ce que je ferai sera bien peu de chose... et nous verrons plus tard... quand vous serez guérie... — nous nous entendrons facilement. — Mettez-vous donc l'esprit en repos... — le repos de l'âme est aussi indispensable que celui du corps pour votre prompte convalescence... — En attendant, comptez sur moi et regardez-moi comme un ami... comme un ami dévoué...

Le regard qui accompagnait ces paroles bienveillantes leur donnait un sens que Marie-Monique ne devina point.

Là où le calcul intéressé de la passion sensuelle montrait le bout de l'oreille, l'ouvrière ne vit que l'élan d'une charité affectueuse.

Elle se sentit touchée jusqu'aux larmes, et elle s'écria :

— Ah ! monsieur, Dieu seul pourra vous récompenser... et je lui demanderai de le faire... et mes prières seront si ardentes qu'il les entendra, je l'espère...

— Ce n'est pas sur Dieu que je compte pour la récompense que j'attends ! — se dit Maurice.

Puis tout haut il reprit :

— Point d'exaltation, surtout! — je vous en prie et, en qualité de médecin, je vous l'ordonne, évitez de vous animer!... — A cette condition seulement la fièvre tombera... — Je vais m'occuper de vous et je reviendrai dans deux heures... — d'ici là, tâchez de dormir un peu... A bientôt, mon enfant...

Il sortit laissant Marie-Monique, émue et reconnaissante, se répéter qu'il y avait de belles et nobles âmes sur la terre!!...

XI

Le bon La Fontaine a dit :

> Ne forçons point notre talent,
> Nous ne ferions rien avec grâce !
> Jamais un lourdaud, quoi qu'il fasse,
> Ne saurait passer pour galant !

Pour nous conformer à ce précepte dont mieux que personne nous reconnaissons l'inattaquable vérité, nous allons éviter avec soin de nous livrer, à propos de la maladie de Marie-Monique, à une dissertation médicale.

Contentons-nous de répéter qu'ainsi que l'avait affirmé Maurice Chesnel cette maladie ne présentait aucun danger sérieux, mais qu'elle pouvait se prolonger assez longtemps et par conséquent amener à sa suite une grande faiblesse.

Ce fut en effet ce qui arriva.

Au bout d'une quinzaine de jours seulement eut lieu le dernier accès de fièvre, et la convalescence commença.

Nous devons ajouter que le médecin avait fait tout au monde pour empêcher le mal de devenir grave mais que, de propos délibéré, il n'avait pris aucune mesure pour en abréger la durée.

Ceci était une des conséquences du plan qu'il s'était tracé et qui, selon lui, devait l'amener peu à peu à prendre sur Marie-Monique un empire absolu.

Rien de plus simple d'ailleurs que ce plan.

Deux fois chaque jour, pendant toute la durée de la maladie, Maurice venait s'asseoir au chevet de l'ouvrière.

Pendant les longs entretiens qu'il se ménageait ainsi, il lui prodiguait les consolations affectueuses, les encouragements, les marques de vive sympathie.

Marie-Monique se laissait prendre à ces bonnes paroles qui ne dépassaient jamais les bornes d'une sorte de fraternelle affection, d'un honnête et tendre intérêt et, pleine de reconnaissance, elle élevait dans son cœur un autel à celui qui l'entourait de soins si dévoués et, croyait-elle, si noblement désintéressés.

Maurice s'applaudissait de la confiance croissante,

de l'attachement manifeste que lui témoignait Marie-Monique, et il se disait :

— Si elle ne m'aime pas encore d'amour, elle m'aimera bientôt... et, le jour où elle m'aimera, comment me résisterait-elle ?...

Il ne se trompait qu'à demi ; — il n'avait raison qu'à moitié.

Lorsque arriva la convalescence, l'ouvrière, si elle avait eu l'idée d'interroger son cœur, aurait découvert avec épouvante que sa reconnaissance pour le jeune homme changeait en effet de nature et se métamorphosait rapidement en amour.

Mais elle ne songeait point à s'interroger à cet égard.

La seule idée qu'elle pouvait voir en Maurice autre chose qu'un ami et qu'un frère lui aurait semblé la plus complète et la plus invraisemblable de toutes les folies.

Le médecin, lui, ne partageait pas cette illusion, — il voyait clairement ce qui se passait dans l'âme de Marie-Monique, — il lisait en son cœur comme en un livre ouvert, — il comptait pour ainsi dire les pulsations de ce cœur avec sa double expérience d'homme et de médecin, et un jour arriva où il se dit que le moment de parler était venu.

La scène qui, ce jour-là, devait avoir lieu, était combinée d'avance dans l'esprit du médecin ; — les moindres détails se trouvaient prévus.

Quoiqu'il n'eût point dépassé cet âge où l'homme est dans toute sa force et dans toute sa beauté, — (quand l'homme est fort et quand il est beau, chose entièrement exceptionnelle à notre époque), — Maurice se disait que la gravité de sa position ne lui permettait point de faire à l'ouvrière, à brûle-pourpoint, une de ces déclarations brusques et formelles, précises dans le fond, ardentes dans la forme, telles que les savent formuler les jeunes roués lorsqu'ils ont de l'aplomb, et les étudiants de troisième année lorsqu'ils ont de l'esprit.

Selon lui, — et nous ne prendrons point sur nous d'affirmer qu'il se trompait, — l'aveu de la passion ressentie par un homme sérieux devait avoir quelque chose de sérieux.

Enfin, nous le répétons, il avait préparé le canevas sur lequel, au moment décisif, il ne lui resterait plus qu'à broder ces fleurs amoureuses qui plaisent tant aux femmes de la terre, depuis le jour où dans le paradis terrestre Ève la blonde, notre arrière-grand'mère à tous, prit un plaisir si vif à regarder les broderies du serpent.

Donc, le jour choisi par Maurice Chesnel pour faire à Marie-Monique *l'aveu de sa flamme* était arrivé.

L'ouvrière, depuis l'avant-veille, venait d'entrer dans la période de convalescence.

Au moment où le médecin ouvrit la porte de sa

chambre, elle était assise dans un fauteuil envoyé par lui, — meuble très simple qui semblait cependant à la pauvre fille le dernier mot du sybaritisme le plus raffiné.

Depuis qu'elle était au monde Marie-Monique n'avait jamais connu, ou du moins pratiqué, que des chaises de paille ou de bois.

Enveloppée dans une robe mal attachée, elle avait noué autour de son buste un petit châle jeté sur ses épaules et qui voilait pudiquement sa gorge superbe.

Ses longs cheveux, difficilement tordus par ses mains affaiblies, tombaient en lourdes mèches le long de l'ovale un peu amaigri de son visage, dont leur couleur brune rendait plus éclatante l'exquise pâleur.

Au-dessous de ses yeux si grands, et paraissant encore agrandis, se dessinait un léger cercle de bistre qui leur donnait une expression en quelque sorte orientale.

La transformation subie par sa beauté ajoutait au cachet de distinction de ses traits.

En voyant entrer Maurice, elle se souleva à demi et lui tendit la main avec un sourire en disant :

— Bonjour, mon sauveur.

— Pourquoi me parlez-vous ainsi?... — demanda le médecin.

— Parce que je suis bien sûre que j'ai été malade

plus que vous n'avez voulu me le laisser croire... — je le sens à ma faiblesse, et rien ne m'ôtera de l'esprit que je vous dois la vie...

— Quelle folie !... — répondit Maurice d'un ton tout à fait propre à laisser supposer à Marie-Monique que l'opinion qu'elle venait d'émettre ne s'éloignait point de la vérité.

Il n'était pas fâché de grossir, par tous les moyens, la somme de reconnaissance qu'elle pensait déjà lui devoir.

— Enfin, — reprit-il, — que vous ayez été un peu plus ou un peu moins malade, peu importe maintenant, puisque vous voilà guérie...

— Guérie... — oh ! pas encore tout à fait... — il me semble que mes forces ne reviendront jamais...

— Il vous semble mal.

— C'est que, voyez-vous, monsieur Maurice, j'ai si grand besoin de me trouver complètement rétablie et capable de recommencer mon existence habituelle !... — Dans combien de temps pensez-vous que ce bonheur m'arrivera ?...

— Il ne faut pas songer à reprendre votre travail avant un mois...

— Un mois ! — répéta l'ouvrière avec tristesse.

— Mon Dieu, oui... — et je mets les choses au plus près...

— Mais alors, que vais-je devenir ?... — Le travail, c'est mon pain... — J'aurai beau vivre avec une économie sordide, encore faut-il gagner ma vie! — Et mon loyer qui n'est pas payé!... — Mon Dieu! mon Dieu! que faire?...

— N'avez-vous pas vos amis?... — Ne suis-je pas là, moi qui vous parle?

Marie-Monique rougit légèrement.

— Que voulez-vous dire, monsieur Maurice? — murmura-t-elle.

— Je veux dire que si vous avez besoin de quelque chose, j'espère bien que vous vous adresserez à moi... — Est-ce que vous doutez que ma bourse soit à votre disposition?...

— Non, je n'en doute pas...— vous êtes si bon... si bon pour moi...

— Ainsi, vous acceptez?...

Marie-Monique secoua la tête.

— Je refuse... — dit-elle.

— Vous refusez! et pourquoi?

— Parceque, lorsqu'on emprunte il faut rendre... — et pour vous rendre l'argent que vous me prêteriez, comment faire?...

— Ceci importe peu...

— Pour vous, peut-être, monsieur Maurice... — mais il n'en est point de même pour moi... — Accepter de l'argent qu'on ne rendra pas, c'est recevoir une aumône.

— Quels vilains noms vous donnez aux choses!...

— Je leur donne le nom qui leur convient...

— Appelez-vous donc aumône le présent que le fiancé offre à sa fiancée?

— Quelle différence! Les fiancés seront bientôt mari et femme, et entre mari et femme tout est commun...

— Et les dons d'un amant à celle qu'il aime?

— C'est différent encore.

— En quoi?

— Je le comprends mieux que je ne saurais l'exprimer, mais il me semble que l'amour change le sens des choses et doit changer également celui des mots...

— Et vous avez cent fois raison!... — Eh bien! pourquoi n'auriez-vous pas recours à quelqu'un dont le cœur vous appartienne absolument?...

— Pourquoi?

— Oui.

— Pour la meilleure de toutes les raisons du monde...

— Laquelle?

— C'est que le quelqu'un dont vous parlez n'existe pas.

— Croyez-vous donc que personne ne vous aime?

— Je le crois fermement.

— Et vous, n'avez-vous jamais aimé?...

— Jamais.

— On vous a dit cependant, n'est-ce pas, que vous êtes belle?...

— Oui, on me l'a dit... comme les hommes le disent à toutes les femmes, pour peu qu'elles soient jeunes et fraîches... et quelquefois même sans cela...

— On vous a dit qu'on vous aimait?...

— On me l'a dit aussi.

— Souvent?...

— Plus d'une fois.

— Et que répondiez-vous?...

— Moi? — Rien, — je riais.

— De la déclaration, ou de celui qui la faisait?...

— De l'un et de l'autre.

— Et votre cœur ne battait pas?

— En aucune façon... — Pourquoi donc aurait-il battu? — Je savais bien que mes prétendus amoureux ne pensaient pas un seul mot de leurs belles phrases, et la preuve que je ne me trompais point, c'est que ceux qui venaient de me jurer que mes rigueurs les feraient mourir, en juraient autant à une autre femme, deux heures après que je leur avais ri au nez en les écoutant...

— Et si cependant l'un de ceux-là vous avait parlé sérieusement?

— Vous voulez dire s'il m'avait véritablement aimée?

— Oui.

— Eh bien?

— Eh bien ! qu'auriez-vous répondu ?

— Je ne sais pas, puisque jamais je ne me suis trouvée dans cette position-là... — puisque personne ne m'a aimée, — puisque personne ne m'aime, — puisque personne ne m'aimera jamais...

XII

— Personne ne vous aime! — personne ne vous aimera! — En êtes-vous bien sûre? — murmura Maurice d'une voix tellement émue que Marie-Monique leva vivement sur lui ses grands yeux étonnés.

Mais son regard s'abaissa presque aussitôt, après avoir rencontré le regard ardent du médecin.

— Du moins, — balbutia-t-elle avec un trouble extrême et un embarras involontaire dont elle ne devinait pas encore clairement la cause, — du moins, je le crois...

— Eh bien, vous vous trompez, — reprit Maurice, — vous vous trompez et vous doutez injustement! — Ne savez-vous pas à quel point vous êtes belle?... — Ne savez-vous pas que la bonté de votre âme et la pureté de votre cœur se lisent en caractères merveilleux sur les traits si doux de votre visage?... — Je connais un homme, moi, un homme qui vous aime en secret depuis longtemps déjà, jusqu'à l'adoration, jusqu'à l'idolâtrie! — un homme qui ne vit que pour vous, — qui n'existe que sous votre regard, — qui ne se trouve heureux que lorsque le son de votre voix frappe son oreille! — Cet homme, ne devinez-vous point son nom?... — Cet amour impétueux a-t-il été si bien caché que vous ne l'ayez soupçonné jamais?...

— Ah — s'écria Marie-Monique éperdue et sentant une émotion inconnue s'emparer de son cœur et le dominer, — je ne sais pas... — je ne sais pas...

Maurice poursuivit, en paraphrasant ce qu'il venait déjà de dire, selon l'invariable usage de toutes les déclarations passées, présentes et à venir.

— Cet homme dont la vie est entre vos mains et dont votre volonté seule règlera désormais les destinées, — cet homme que, d'un regard, vous pouvez faire le plus heureux ou le plus malheureux de tous les êtres, — cet homme qui vous a donné son âme et qui ne vous la reprendra jamais... ah! vous l'avez deviné déjà... vous le comprenez maintenant... vous le voyez comme on voit la lumière et comme on voit la vérité... — c'est celui dont le cœur en ce moment se trahit à vos pieds... — c'est celui qui vous parle... — c'est moi...

— Vous!! — répéta Marie-Monique en appuyant ses deux mains sur le côté gauche de sa poitrine pour comprimer les battements impétueux qui lui semblaient devoir la briser. — Vous!! — répéta-t-elle avec une expression d'indicible stupeur et en même temps de joie surhumaine, — vous, monsieur Maurice!!! Est-ce vrai? — est-ce possible?...

— N'en doutez pas!! — s'écria Maurice avec feu, — je vous aime comme jamais femme n'a été aimée... — Vous êtes tout pour moi!!... Suis-je quelque chose pour vous?... — Je ne vous demande pas si vous m'aimez autant que je vous aime... — je sais bien que c'est impossible!... — mais m'aimez-vous seulement un peu?... — Vous avez mon âme tout entière... — me donnez-vous une part de la vôtre? — Ma vie désormais vous appartient... — ai-je une place dans votre vie?...

Plus pâle encore qu'elle ne l'était au début de cet entretien, — la tête renversée en arrière contre le dossier du fauteuil, — Marie-Monique ne répondait pas.

Elle semblait plongée dans une muette et radieuse extase, — son regard se tournait vers le ciel, — un sourire flottait sur ses lèvres.

— Ah! vous vous taisez! — dit Maurice d'une

voix haletante, — vous vous taisez Marie... vos yeux se détournent des miens! — Mon Dieu que dois-je espérer?... que dois-je craindre? — Mon Dieu....mon Dieu... ne m'aimez-vous pas?...

Le regard de Marie-Monique redescendit jusqu'au visage suppliant et inquiet de Maurice.

— Ah! — fit-elle d'une voix douce et basse. — pourquoi m'interrogez-vous?... pourquoi troublez-vous mon beau-rêve??...

— Un rêve? que voulez-vous dire et de quel rêve parlez-vous?

— De celui que je fais... — Il me semble que vous êtes là, près de moi... il me semble que je vous entends me jurer que vous m'aimez et que votre vie est à moi...

— Mais ce n'est pas un rêve, Marie, c'est la réalité...

— Oh! taisez-vous, Maurice, taisez-vous! Si le réveil doit suivre il sera trop horrible!... — Vous... vous qui de tous les hommes me semblez le plus noble et le meilleur... — vous que j'en sais le plus généreux... — vous devant qui ma pensée s'agenouillait... vous à qui, sans la savoir, j'avais donné mon cœur... il serait vrai... vous m'auriez choisie entre toutes... vous m'aimeriez... vous consentiriez à unir ma vie à la vôtre... vous feriez de moi votre femme?...

Maurice tressaillit.

Les derniers mots de Marie-Monique firent courir sur son épiderme un frisson d'impatience et d'effroi.

Il comprit qu'une parole mal à propos prononcée allait l'engager bien plus qu'il ne voulait l'être, et nouer autour de lui d'inextricables chaînes qu'il arriverait difficilement à rompre.

Mentalement il compara sa position à celle d'un nageur qui tout à coup, dans une eau rapide et profonde, sent des herbes dangereuses s'enrouler autour de ses pieds.

Si d'un vigoureux élan le nageur ne rompt pas ces entraves naissantes, il est infailliblement perdu. — Quelques secondes encore, et le vivant ne sera plus qu'un noyé.

Il résolut de se soustraire à l'instant même au péril et de détruire sans nul retard les folles illusions de l'ouvrière, avant qu'elles aient eu le temps de s'enraciner.

— Chère bien-aimée, — dit-il, non sans un peu de trouble, — oui, mon cœur et mon âme vous appartiennent... — oui, ma vie est à vous... — mais il est d'autres liens qui, pour être moins solennels, n'en sont ni moins doux ni moins durables... — Au lieu de partager les peines de la vie, ne vaut-il pas cent fois mieux n'en mettre en commun que les joies? — Evitons des nœuds qui bien souvent ne semblent lourds que parce qu'ils sont indissolubles!... —

Cherchons le bonheur dans une liaison qui nous le donnera à coup sûr, et non point dans une union où nous pourrions ne trouver peut-être que des déceptions et des tristesses...

Maurice se tut, embarrassé par l'expression de profonde douleur qui mettait son empreinte sur le visage pâle de l'ouvrière.

A deux reprises Marie-Monique entr'ouvrit les lèvres.

A deux reprises sa voix parut refuser d'obéir à sa volonté.

Enfin elle murmura, d'une façon à peine distincte :

— Je ne vous comprends pas... Que voulez-vous de moi?

— Ce que je vous offre moi-même... — un amour sans bornes et sans partage...

— Eh bien, cet amour, n'est-ce pas celui qu'un mari promet à sa femme?

— C'est aussi celui qu'un amant offre à sa maîtresse...

— Vous me demandez d'être la vôtre?...

— La maîtresse de ma vie entière, mon seul trésor... mon seul bonheur... — Avons-nous donc besoin, pour être l'un à l'autre et pour joindre la tendresse à l'estime, qu'un maire et qu'un curé nous aient dit : — *Soyez unis!*

Et comme Marie-Monique, la tête et les yeux

baissés, gardait le silence, Maurice pousuivit :

— Jusqu'à ce jour, quelle triste existence vous avez menée !... — quelle morne solitude !... — quels incessants labeurs, si mal rémunérés !... — A l'avenir, rien de tout cela... — Vous saurez que, de loin comme de près, il est un cœur, le mien, qui bat à l'unisson du vôtre... — Les journées passeront vite, en attendant l'heure de nos réunions mystérieuses dont le secret doublera le charme... — Le travail, au lieu d'être pour vous une nécessité de tous les instants, ne sera qu'une distraction... si même il vous convient de travailler encore...

Marie-Monique releva brusquement la tête.

— Et pour vivre sans travailler, — dit-elle en interrompant Maurice, — comment ferai-je donc ?

— Est-ce que je ne suis pas là, moi, riche, sinon de mon patrimoine, du moins des résultats de mon labeur ? — Est-ce que ma main, pour vous, ne sera pas toujours pleine et toujours ouverte ?

— Ainsi, — continua l'ouvrière avec une intonation étrange, — ainsi, vous me proposez de l'argent ?...

— Tout ce qui m'appartient vous appartiendra... — vous pourrez donc en user sans gêne et sans scrupule, et vous devrez le faire...

— Ah ! — s'écria Marie-Monique avec une amertume déchirante, tandis que de grosses larmes s'échappaient de ses yeux et roulaient sur ses joues,

— ce n'était pas assez de vouloir de moi pour maîtresse, il vous fallait encore m'offrir de me payer! — Une fille déshonorée ne vous suffisait pas! — vous vouliez faire de moi une fille entretenue!...

— Mais... — essaya de dire Maurice stupéfait.

Marie-Monique ne lui laissa pas le temps de poursuivre.

Elle reprit impétueusement :

— Monsieur Maurice, vous venez de me faire plus de mal en quelques minutes que personne ne m'en avait fait depuis que je suis au monde!... — Vous venez de m'insulter sans motif et, s'il est quelqu'un sur la terre de qui je n'attendais pas une insulte, ce quelqu'un c'est vous ! — Plus d'une fois, c'est vrai, on a cru pouvoir m'adresser des paroles d'amour, me faire de honteuses propositions, mais que m'importait? — Ceux qui me témoignaient assez peu d'estime pour me parler ainsi ne m'inspiraient que de l'indifférence ou du mépris!... — Ces jeunes débauchés et ces vieux libertins, c'était avec ironie et avec pitié, mais sans colère et surtout sans souffrance, que je les entendais... — Mais vous... — vous que je croyais si bon... si délicat... si loyal... — vous que je m'étais accoutumée à chérir et à respecter comme un frère... hélas! et plus encore!... vous ne m'avez donc témoigné tant d'affection que pour me perdre sûrement?... vous ne m'avez donc sauvé la vie que pour me rendre la vie odieuse? — vous ne vous êtes donc emparé de mon âme que pour la blesser par vos injures? — Monsieur Maurice, mon Dieu! que vous ai-je fait? — Ces soins que vous me prodiguiez pendant ma maladie, ces soins qui m'enchaînaient à vous par la reconnaissance et qui devaient me coûter si cher, je ne vous les avais pas demandés... — Pourquoi donc, à cette heure, voulez-vous y mettre un prix infâme??... — J'étais tranquille, j'étais heureuse... — vous êtes venu... et voici que mon bonheur et mon repos sont partis!! — Pourquoi m'avoir enivrée d'espérances insensées dont la réalisation était impossible?... Pourquoi, pendant un instant, m'avoir élevée si haut, pour me laisser retomber si bas?... Je me suis brisée dans la chute... — Votre amour!... vous parliez de votre amour!... ah! si c'est ainsi que vous aimez, de quelle façon témoignez-vous donc votre mépris?... — Mais pourquoi me méprisez-vous? — C'est donc à cause de ma pauvreté?... à cause de ma condition d'ouvrière?... Et si ce n'est pas pour cela, pourquoi est-ce donc?... — Je suis une couturière, c'est vrai, une fille de rien, comme on dit, mais enfin je suis honnête... je n'ai jamais failli... je n'ai jamais été souillée même par un soupçon... — Tout le monde le sait, et vous auriez dû le savoir comme tout le monde, vous qui prétendiez m'aimer... — Mais vous ne l'avez pas cru, n'est-ce pas? et vous m'avez offert de l'argent pour être votre maîtresse... et, maintenant, vous êtes tout étonné que je n'accepte pas, et peut-être même pensez-vous que j'ai l'air d'hésiter d'abord, afin de me faire payer par vous, plus tard, un peu plus cher!... — C'est bien triste et c'est bien cruel, monsieur Maurice, ce que vous avez fait là!... — Ah! si vous saviez comme je vous aimais... si vous saviez quel cœur vous venez de perdre! — Au nom du ciel, partez!... je vous en supplie, laissez-moi seule!... — Si je dois mourir de la blessure que vous venez de me faire, je ne veux pas mourir devant vous... — Vous aviez tout droit sur ma vie sauvée par vous... — Si vous me tuez, je vous pardonne... — Adieu... adieu...

Après avoir prononcé d'une voix éteinte ces derniers mots, Marie-Monique fit un geste pour éloigner le médecin, et elle essaya de se soulever dans son fauteuil.

Mais sa complète faiblesse la trahit.

Un cri étouffé, ou plutôt un gémissement douloureux s'échappa de ses lèvres, puis elle retomba livide et sans connaissance.

— Elle a dit vrai!... — balbutia Maurice presque aussi pâle que l'ouvrière, — elle a dit vrai, je l'ai tuée, et je suis un misérable, oui, un misérable, car elle était un ange et je l'ai traitée comme une fille perdue!... — et elle m'a pardonné!... — Ah! c'est maintenant qu'il faut que je la sauve!...

Maurice, avec cette rapidité et cette précision qui caractérisent surtout les médecins dont l'apprentissage s'est fait sur un champ de bataille au milieu des sifflements des balles, employa tous les moyens nécessaires pour rappeler promptement Marie-Monique à elle-même.

Il appliqua sur ses tempes et sur son front un linge imbibé d'eau fraîche.

Il plaça sous ses narines un flacon rempli des sels les plus violents, etc., etc...

Cette médication sembla d'abord n'amener aucun résultat. — Les paupières de Marie-Monique restaient abaissées sur ses yeux, et les battements de son cœur étaient si faibles qu'ils semblaient interrompus.

Maurice se désespérait.

Enfin, un tressaillement léger annonça le retour à la vie. — La poitrine oppressée se souleva, — les bras raidis se détendirent, — un peu de sang revint aux lèvres et aux joues.

Quand Marie-Monique rouvrit les yeux, elle vit Maurice Chesnel agenouillé devant elle, et elle l'entendit lui demander d'une voix tremblante :

— Voulez-vous être ma femme?...

XIII

Quinze jours ne s'étaient pas encore écoulés, que déjà la renommée embouchait ses plus sonores trompettes, — et Dieu sait si dans les petites villes ces trompettes-là sont tapageuses!...—pour annoncer à la cité et au monde, *urbi et orbi*, le prochain mariage de Maurice Chesnel avec Marie-Monique.

Vous vous souvenez du fameux passage de la fameuse lettre de madame de Sévigné: — *Figurez-vous la chose la plus*, etc.

Eh bien, ce passage était incolore à côté du déchaînement de toutes les langues exprimant, à grand renfort d'épithètes et d'adverbes, les multiples nuances de l'étonnement poussé jusqu'à la stupeur.

Quelques-unes de ces langues ne se refusaient point la joie de prononcer le mot : *Scandale!!*

Nous allons donner un échantillon rapide et court des dialogues invariables qui s'échangeaient en des termes identiques dans les salons et dans les rues à la grande joie des divers interlocuteurs munis d'un thème de conversation qui n'exigeait nulle contention d'esprit, nulle fatigue d'imagination, et qui d'ailleurs paraissait inépuisable.

— Bonjour, voisin ; — vous connaissez la nouvelle?...

— La nouvelle du mariage, n'est-ce pas?...

— Oui, — je vois que vous la savez...

— Si vous ne l'aviez pas sue vous-même je vous l'aurais apprise.

— Ce pauvre docteur Chesnel!!

— Un si bon garçon!!

— Un homme d'esprit, cependant!!

— Et savant!!

— C'est lui qui maintenant aurait besoin d'être soigné!!...

— Est-ce qu'il est malade?...

— Parbleu!!

— Et de quoi?...

— Un cas très grave : — Aliénation mentale subite et foudroyante!!

— C'est parfaitement juste! — Il faut qu'il soit fou pour faire ce qu'il fait!!

— Un homme dans sa position...

— Et une position superbe! — un homme arrivé... — Je suis sûr qu'il gagnait au moins quinze mille francs par an!...

— Oui, au moins...

— Epouser une couturière!

— Une fille qui s'en allait travailler chez tout le monde pour vingt-cinq sous! — une pauvre ouvrière... qui a raccommodé mes vieilles nippes!

— Mais c'est du délire!...

— C'est un accès de fièvre chaude!...

— Ah çà! comment dont le docteur est-il devenu amoureux?

— Oh! soyez sûr que la fille Marie-Monique mitonnait ça de longue date... — Il devait y avoir quelque chose entre eux...

— Mais s'il y avait eu quelque chose entre eux, il ne l'épouserait pas...

— Bah!... qui sait! la force de l'habitude...

— Auriez-vous jamais cru que cette couturière était une commère rouée à ce point-là?...

— Je m'en étais toujours douté.

— Vraiment?...

— Parole d'honneur! je me défiais d'elle avec ses airs de sainte-nitouche... Une couturière à qui l'on ne connaît pas d'amoureux, voyez-vous, c'est suspect.

— A coup sûr.

— On ne disait rien de Marie-Monique, savez-vous ce que j'en conclus? — C'est qu'elle avait quelque chose à cacher et qu'elle le cachait bien!...

— Je me range à votre avis...

— Pauvre docteur!

— Ah! elle lui en fera voir de belles!...

— Et de toutes les couleurs, gardez-vous d'en douter!...

— Tant pis pour lui... — ça le regarde!...

— En voilà un à qui l'on aura le droit de dire comme dans la comédie de M. Scribe: — *Tu l'as voulu, Georges Dandin!...* (1)

— Eh bien! moi, j'aimais le docteur... il m'avait soigné comme un ange dans mes derniers rhumatismes. — Ça me fait de la peine pour lui...

— Et à moi aussi...

— C'est un homme fini!...

— Un homme enterré!...

— Voilà un mariage qui lui casse le cou!

— Beaucoup plus formellement que s'il tombait du haut du clocher.

— Et je ne sais même pas trop s'il pourra continuer à habiter Vesoul.

(1) L'auteur de ce livre a entendu de ses propres oreilles un provincial honorable attribuer à M. Scribe la pièce de *Georges Dandin*.

— Moi, en ami, je lui donnerais le conseil de changer d'air.

— Il est trop fier. — Il ne voudra pas paraître s'enfuir devant la réprobation publique...

— Mais quand il verra que sa position est perdue?...

— Alors, il faudra bien qu'il avise et qu'il se décide à prendre un parti...

— Un gaillard qui pouvait arriver à tout!...

— A faire un mariage magnifique!...

— Oh! — certainement, — s'il l'avait voulu, il pouvait épouser jusqu'à dix mille livres de rente...

— Sans compter les espérances!...

— Et il épouse qui?...

— Une couturière sans un sou!...

— C'est déplorable!...

— C'est immoral!...

— Pauvre docteur Maurice!...

— Malheureux docteur Maurice!...

— Au revoir, voisin...

— Au revoir...

— Si vous apprenez de nouveaux détails vous me les communiquerez.

— Et vous pareillement.

— C'est convenu.

Les interlocuteurs se séparaient.

Au bout de trois ou quatre minutes de marche,

chacun d'eux rencontrait un ami ou tout au moins une connaissance.

On s'arrêtait, — comme de raison, — et de part et d'autre un double entretien s'engageait en ces termes :

— Bonjour, voisin... — vous savez la nouvelle ?...

— La nouvelle du mariage, n'est-ce pas ?

Et cœtera, Et cœtera, — voir comme plus haut, — sans variantes.

Séparation nouvelle, non plus de deux, mais de quatre interlocuteurs, en rencontrant bientôt quatre autres.

Continuez par une opération arithmétique bien simple, et vous arriverez à découvrir quels devaient être, à la fin de la journée, les résultats obtenus !

Maurice Chesnel, lui, ne s'occupait en aucune façon de tous ces coassements de grenouilles méchantes, — il faisait en sorte qu'aucun de ces bruits malfaisants n'arrivât jusqu'à lui, — et il hâtait les préparatifs de son mariage, c'est-à-dire qu'il se mettait en règle à la mairie et à l'église pour les publications requises par la loi.

Marie-Monique était entièrement rétablie, sa convalescence ayant été activée d'une façon prodigieuse par ce tout-puissant dictame qu'on appelle l'espoir du bonheur.

Enfin, le jour fixé pour le mariage arriva.

Maurice Chesnel, — homme d'esprit en même temps qu'homme de talent, — avait résolu de n'entourer d'aucune pompe la cérémonie nuptiale.

Une messe basse, à huit heures du matin, dans une chapelle de l'église métropolitaine, — pour public officiel les quatre témoins, — voilà tout.

Et cependant, dès le point du jour, — ou plutôt dès que les portes furent ouvertes, — une foule compacte, attirée par une dévorante curiosité, encombrait l'église.

L'expression consacrée :—*Toute la ville était là!...* pouvait, dans la circonstance que nous racontons, s'employer en gardant son acception la plus littérale.

Cet indiscret et avide empressement du public fut particulièrement désagréable à Maurice au moment où il pénétra dans la nef, donnant le bras à Marie Monique qu'il venait de conduire à la mairie, et qui par conséquent était déjà sa femme devant les hommes, en attendant l'heure prochaine où elle allait l'être devant Dieu.

Ce sentiment pénible disparut d'ailleurs presque aussitôt, quand il entendit le murmure flatteur et involontaire qui s'échappait de la foule entr'ouverte pour le passage des deux époux.

Dans sa robe blanche, sous son voile virginal et sous sa couronne de fleurs d'oranger, Marie-Monique, pâle et tremblante de joie et d'émotion, était belle d'une beauté si pure et si frappante que tous ceux qui se trouvaient là se figuraient la voir pour la première fois.

L'ex-ouvrière, nous le savons, approchait de sa trentième année, et c'est à peine cependant si elle paraissait avoir vingt ans ce jour-là...

Dans tous les temps et dans tous les pays, l'empire d'un doux et charmant visage a été puissant sur les masses.

Les Troyens assiégés oubliaient, en regardant Hélène, les maux écrasants qu'ils souffraient pour elle... — Du moins Homère nous l'affirme, et nous en croyons bien volontiers sur parole le roi des poètes.

En un instant s'évanouirent les impressions fâcheuses qui depuis quelque temps fermentaient dans la ville à propos du mariage de Maurice et de Marie-Monique, et dont les pages qui précèdent ont fidèlement reproduit l'écho.

On oublia comme par enchantement l'ouvrière pauvre pour ne voir que la femme irrésistiblement séduisante.

— Qu'elle est jolie !... — murmuraient les voix féminines.

— Décidément, — se disaient les hommes, — ce pauvre docteur n'est point trop à plaindre... — il n'a pas choisi le plus mauvais lot ! — Qui diable aurait pu jamais croire que cette petite couturière avait un si grand air de belle dame ?

Ainsi la malveillance se taisait, — ou plutôt la malveillance n'existait plus... — momentanément du moins.

Marie-Monique, qu'on attendait le dédain dans les regards et le sarcasme aux lèvres, n'avait eu qu'à se montrer vêtue de blanc, palpitante et chaste, pour entraîner, comme Vénus victorieuse, tous les cœurs sur son passage !...

Ce mariage, à l'endroit duquel tant d'épigrammes se forgeaient d'avance, tant de railleries s'aiguisaient, — cette union que chacun s'attendait à voir accueillir par d'insultantes ironies, — fut acclamé comme un triomphe !...

Les deux époux, — agenouillés l'un à côté de l'autre, — reçurent la bénédiction nuptiale.

Le vieux prêtre qui les unissait leur adressa quelques courtes et touchantes paroles.

Il félicita Maurice d'avoir choisi pour compagne de sa vie celle que tant de vertus lui recommandaient, sans s'inquiéter de ces vaines et fausses distinctions sociales que l'égalité évangélique ne reconnaît point.

Il dit à Marie-Monique :

— Votre destinée vient de s'enchaîner à celle d'un homme de cœur et d'honneur... vous vous montrerez digne de celui qui n'a pas douté de vous...

— Vous avez été une honnête fille, vous serez une honnête femme... — Heureux l'un par l'autre, vous n'oublierez jamais que le bonheur ici-bas n'existe que dans les chastes tendresses... — Ensemble vous élèverez vos âmes en une ardente action de grâces vers le Dieu de bonté qui vous gardait ce bonheur sans mélange d'amertume, et qui vous bénit par ma voix...

Tout était fini.

Les masses de curieux se dissipèrent comme les spectateurs d'un théâtre quand la toile est tombée sur le dernier mot de la pièce.

Dans les groupes qui s'éloignaient, on entendait ces phrases :

— Marie-Monique a de la chance, mais elle mérite vraiment son bonheur...

Ou bien :

— A la place du docteur Maurice, je crois que j'aurais fait comme lui...

Telles étaient les voix du peuple.

Et l'on sait l'adage antique, — qui malheureusement n'est pas toujours vrai, mais qui l'était du moins dans cette circonstance : — *Vox populi, vox Dei!...*

XIV

L'union du médecin et de l'ouvrière fut-elle heureuse?

Oui et non.

Heureuse, en ce sens que Maurice trouva, dans la femme qu'il venait d'épouser, toutes les qualités du cœur et de l'âme, tous les trésors d'une profonde tendresse et d'un inaltérable dévouement, auxquels il répondit lui-même par une affection sans bornes et sans partage.

Mais à ces guirlandes de fleurs des joies conjugales vinrent se mêler des épines.

Une feuille de rose tombée entre les draps de son lit suffisait pour troubler le sommeil de je ne sais plus quel voluptueux de l'antiquité.

D'innombrables piqûres, de cuisantes petites

blessures d'amour-propre, jouèrent pour Maurice Chesnel le rôle de la feuille de rose dont nous venons de parler, et troublèrent son bonheur.

Le médecin, avant son mariage, recevait de continuelles invitations.

Il ne se donnait pas dans la ville un repas de cérémonie ou une soirée d'apparat auxquels il ne fût invité.

Il allait partout, et partout il était accueilli avec un empressement et une distinction qui devaient lui donner de sa propre valeur une très haute idée.

Après son mariage, les invitations arrivèrent comme par le passé.

Quelques-unes s'adressèrent simplement au médecin, mettant en oubli Marie-Monique et la traitant comme si elle n'existait pas.

Maurice déchira celles-là, et se jura de ne jamais remettre le pied dans les familles qui les lui avaient envoyées.

D'autres engageaient collectivement M. et madame Maurice Chesnel.

Celles-ci, le médecin voulut à toute force les accepter.

Marie-Monique supplia son mari de ne la point conduire dans le monde.

— Pourquoi cela? — lui demanda-t-il.

Elle allégua le manque d'habitude, — la timidité,

— le trouble qui s'emparerait d'elle en entrant dans un salon.

— Vous valez toutes les femmes qui vous entourent, — répliqua péremptoirement le médecin. — Vous êtes plus belle et plus charmante... vous ne serez déplacée nulle part.

La jeune femme céda et accompagna son mari.

Partout ailleurs que dans une ville où elle avait vécu pendant tant d'années dans l'humble position d'ouvrière, Marie-Monique aurait obtenu le plus grand succès.

Sa beauté, sa grâce, son élégance naturelle, étaient sans rivales.

Son embarras et sa timidité n'offraient nulle gaucherie, et elle veillait assez sur elle-même pour ne laisser échapper aucune parole qui vînt déceler l'insuffisante de son éducation première.

Mais elle se trouva tout à coup transportée au milieu d'un cercle de femmes plus ou moins jeunes et jolies, — légèrement prétentieuses pour la plupart, — qui toutes l'avaient vue travailler dans leur antichambre, — dont quelques-unes portaient des robes de sa façon, et qui difficilement pardonnaient à la grisette, devenue leur égale, de les effacer par sa beauté supérieure à la leur, par sa distinction innée et par l'éclat de ses toilettes.

Disons en passant que Maurice avait exigé de sa femme des recherches d'élégance auxquelles Marie-

Monique avait dû se soumettre, quoique un peu à contre-cœur.

A toutes ces causes de sourde animadversion contre la jeune femme, il convient d'en ajouter une autre.

La plupart de ces dames venaient pédestrement aux dîners et aux bals, et laissaient au bas de l'escalier leurs socques et leurs parapluies.

Madame Chesnel, au contraire, arrivait dans la voiture de son mari, — charmante petite calèche attelée de deux chevaux arabes ramenés d'Afrique, et conduits par un domestique en livrée.

Elle !... Une ci-devant grisette !...

Horreur !...

Dieu sait avec quelle mielleuse et trompeuse politesse Marie-Monique fut accueillie par ces bonnes âmes !... — Dieu sait que de fourbes baisers, que de caresses de Judas on lui prodigua !

Puis, tout d'un coup, d'un air naïf et au milieu des témoignages de la bienveillance universelle, une bourgeoise quelconque, le sourire de la sympathie aux lèvres, lui lançait une flèche barbelée.

Presque toujours c'était à propos d'une question de toilette que se faisaient ces brusques agressions.

Tantôt on la consultait au sujet de la coupe d'une jupe ou de la forme d'un corsage, et les questions s'adressaient évidemment, non point à la femme de goût mais à l'ex-couturière.

Tantôt, dans l'entr'acte de deux figures d'un quadrille, une de ses sournoises ennemies s'écriait, assez haut pour être entendue d'un bout à l'autre du salon :

— Mon Dieu, chère madame Chesnel, que vous avez donc là une robe charmante, et comme elle vous va merveilleusement bien!!... — Est-ce que c'est vous qui l'avez faite ?...

Marie-Monique baisait la tête en rougissant, et Maurice se mordait les lèvres dans un transport de rage muette.

Un autre soir, pendant un bal à la préfecture, un cercle de femmes agitait, comme toujours, la grande question des modes et des colifichets.

— Je ne sais plus comment ni par qui me faire habiller, — dit soudainement une de ces dames, — je vais être obligée de tout demander à Paris...

Puis elle ajouta, en s'adressant à Marie-Monique :

— En vérité, ma chère madame Chesnel, si je n'avais maintenant le bonheur de vous avoir pour amie, vous ne sauriez croire à quel point je regretterais de ne vous avoir plus pour couturière !...

Enfin il était bien rare que Maurice et sa femme passassent une soirée dans le monde sans que quelque impertinence de ce genre fût adressée à Marie-Monique.

Ces brutales et lâches agressions auraient laissé

d'ailleurs la jeune femme parfaitement calme et indifférente.

Elle ne rougissait point d'avoir vécu de son travail, — et elle avait cent fois raison ! — mais elle voyait souffrir Maurice, et elle souffrait doublement de ces douleurs dont elle était l'unique cause.

Pendant quelque temps le médecin espéra que, de guerre lasse, les ennemies de Marie-Monique renonceraient à leurs attaques incessantes, toujours les mêmes dans le fond, mais qu'elles trouvaient moyen de varier dans la forme.

Il espérait vainement.

En province, les aliments offerts à la méchanceté sont rares, — il ne faut rien laisser perdre de ceux que le hasard envoie. — D'ailleurs toutes ces dames, en frappant sans trêve et sans relâche sur la fille du peuple épousée, trouvaient moyen d'appuyer à leurs propres yeux leurs prétentions aristocratiques et, agissant au nom d'un soi-disant intérêt de caste, elles se prouvaient à elles-mêmes qu'elles étaient des femmes de la meilleure compagnie, — fleurs patriciennes d'une société d'élite.

Maurice se lassa le premier de cette lutte contre le monde, — lutte inégale, dans laquelle lui et sa femme recevaient tous les coups sans même pouvoir se défendre et rendre blessure pour blessure.

Il prit le parti de vivre dans son intérieur et de ne plus accepter aucune invitation.

Cette résolution devait être funeste à l'avenir de Maurice.

Le monde n'aime pas à perdre ses victimes.

Pareil aux spectateurs des cirques romains, il veut que le gladiateur frappé à mort tombe en souriant. — Il condamne avec une impitoyable rigueur celui qui, pour se soustraire aux douleurs du martyre, abandonne la lutte.

Celui-là qui ne veut pas souffrir plus longtemps, commet un crime de lèse-public, — et l'on sait que le public est la plus irritable de toutes les Majestés.

Personne ne comprit à quel point une demi-douzaine de femmes aux langues de vipères rendaient le monde impossible pour Maurice, — et, presque sans exception, on lui sut mauvais gré de se séparer du monde.

Les personnes de qui il déclina les invitations furent blessées profondément de ces refus et s'écrièrent avec ironie, pour dissimuler leur déconvenue :

— Enfin, il se rend justice !... — Il comprend, quoique un peu tard, que la place d'une ci-devant couturière n'est pas dans nos salons !...

En moins d'un mois Maurice Chesnel perdit à Vesoul les trois quarts de sa clientèle.

Les campagnes, à la vérité, lui restèrent fidèles, mais les recettes ne s'en trouvèrent pas moins diminuées d'une façon effrayante.

Cette situation donna à Maurice un coup douloureux, et l'inquiéta pour l'avenir; — mais il eut la force de cacher à Marie-Monique les tristesses et les angoisses qu'il éprouvait, afin de ne la point affliger inutilement.

Un événement facile à prévoir vint mettre du baume sur les blessures du médecin et lui apporter une immense consolation.

Sa femme devint grosse.

Maurice éprouva de cette grossesse une joie si vive qu'il oublia, comme par enchantement, ses déceptions et ses chagrins.

L'époque de l'accouchement arriva.

Marie-Monique mit au monde une petite fille qui parut à Maurice un abrégé de toutes les merveilles de la création, et qui reçut au baptême le doux nom de Marguerite.

A partir du jour où Marguerite fut venue au monde, le docteur se trouva le plus heureux des hommes et ne vécut plus que pour son enfant. — Un sourire de la petite fille ouvrait pour lui les portes du ciel, et comme Marguerite, douée du plus charmant caractère, pleurait fort peu et souriait beaucoup, Maurice se plongeait à cœur joie dans une extase paternelle sans cesse renaissante.

Hélas! ce bonheur devait être de courte durée!

Marguerite allait atteindre sa quatrième année,

et de mois en mois on la voyait s'épanouir ainsi qu'une fleur printanière.

Un matin, comme d'habitude, le médecin sortit à cheval pour aller faire sa tournée de chaque jour dans les villages des environs.

Vers les quatre heures de l'après-midi Marie-Monique crut entendre dans la rue un bruit bizarre et des murmures inaccoutumés.

Elle ouvrit sa fenêtre et se pencha au dehors.

A cent pas de la maison qu'elle habitait dans la rue Saint-Georges, elle vit une foule assez nombreuse, marchant lentement et entourant quelques hommes qui portaient une civière.

Sur cette civière était étendu un corps inanimé, recouvert d'un drap blanc qui traînait presque jusqu'à terre.

Çà et là, des taches rouges marbraient ce drap.

Sur le passage du cortège les allants et les venants s'arrêtaient et interrogeaient.

Vingt voix leur répondaient à la fois, sur un mode lamentable et plein de gémissements.

On voyait alors ces curieux lever vers le ciel les mains et les yeux et se joindre à la foule.

— Il est arrivé quelque malheur! — se dit Marie-Monique.

Et la pensée lui vint d'envoyer sa femme de chambre aux informations.

Elle n'en eut pas le temps.

Le cortège funèbre venait d'arriver en face de la maison du médecin.

Là, il s'arrêta.

En même temps tous les regards se tournaient vers Marie-Monique, accoudée à la balustrade de sa fenêtre.

Un pressentiment funeste s'empara d'elle aussitôt et, quoiqu'elle s'efforçât de le repousser, la rendit pâle comme une morte et arrêta les battements de son cœur.

Deux ou trois personnes se détachèrent des groupes et entrèrent.

Un profond silence régnait maintenant dans la rue.

La femme du médecin ne pouvait détacher ses yeux des stigmates sanglants qui tachaient le drap jeté sur la civière, et sous lequel on voyait se dessiner vaguement les formes sculpturales d'un cadavre déjà raidi.

Au milieu du silence une voix murmura :

— Malheureuse femme !...

Ces mots avaient été prononcés bien bas, et cependant Marie-Monique les entendit ou plutôt les devina.

Bientôt il n'y eut plus d'incertitude.

On sonnait à la porte de l'appartement.

— Ah ! — s'écria madame Chesnel en quittant la fenêtre et en faisant un effort pour s'élancer vers cette porte, mais sans y parvenir car, trahie par sa faiblesse subite, elle tomba à genoux sur le parquet du salon, — ah ! je suis folle, ou mon mari est mort !...

La pauvre femme n'était pas folle !...

Renversé et traîné par son cheval, Maurice, tué sur le coup, avait été trouvé à près de trois lieues de Vesoul.

Des paysans qui le connaissaient avaient relevé son corps, et c'est ce corps qu'ils rapportaient sur la civière, sous le drap blanc taché de sang.

Encore une fois Marie-Monique, — quoique cette figure d'honnête femme nous semble digne d'intérêt, — n'est dans ce livre qu'un personnage accessoire auquel nous craignons déjà d'avoir donné trop d'importance.

XV

Passons donc sans nous arrêter sur les scènes de douleur, ou plutôt de sombre et effrayant désespoir qui suivirent la catastrophe, et occupons-nous de savoir ce que devint, après la mort du médecin, la situation de sa veuve et de sa fille.

Cette situation fut des plus tristes à tous les points de vue.

Marie-Monique et Marguerite, privées de leur protecteur naturel, se trouvèrent non seulement dans une position d'isolement douloureux, mais encore dans un état de gêne bien voisin de la misère.

Ceci s'explique facilement.

Maurice, à l'époque où il était le médecin le plus à la mode de la ville, gagnait de l'argent, et beaucoup, mais en même temps il prenait l'habitude de dépenser largement et sans compter.

Ceci d'ailleurs ne l'empêcha pas de réaliser, pendant quatre ou cinq ans, d'assez notables économies.

L'époque de son mariage arriva.

Maurice avait en ce moment, chez un banquier de la ville, une trentaine de mille francs.

Il fit à cette somme une brèche importante pour remplacer son *campement* de garçon par une installation d'homme marié.

On parla longuement dans la ville du mobilier de salon, de chambre à coucher, de salle à manger et de cabinet de travail, qu'un tapissier de Paris expédia au médecin par le roulage.

Nos lecteurs connaissent les événements, ou pour mieux dire les incidents qui enlevèrent à Maurice la plus forte partie de sa clientèle.

Les recettes diminuaient des deux tiers au moment précis où les dépenses se doublaient.

Le plus habile des économistes serait difficilement venu à bout d'équilibrer une situation de ce genre, surtout en agissant comme le fit Maurice qui ne voulut ni diminuer le nombre de ses domestiques, ni réduire l'ordinaire de sa table, ni enfin s'astreindre à la plus légère privation.

Et ne croyez pas que ce fût folie de la part du médecin.

En agissant ainsi que nous venons de le dire, il obéissait à un sentiment d'une admirable générosité, d'une délicatesse exquise.

Il ne voulait pas que des réformes d'intérieur vinssent faire soupçonner à Marie-Monique qu'elle avait, par son mariage, compromis gravement la position de celui qu'elle épousait.

En conséquence, et comme les recettes se trouvaient décidément insuffisantes pour permettre au ménage de joindre les deux bouts, Maurice entama chaque année de deux ou trois mille francs la somme déposée chez le banquier.

Au jour funeste de sa mort, cette somme n'atteignait plus que le chiffre modeste de huit mille et quelques cents francs.

Un testament, trouvé dans un des tiroirs du bureau de Maurice, instituait Marie-Monique sa légataire universelle.

Huit mille francs, — un beau mobilier, — une calèche et un cabriolet, — les deux chevaux arabes, dont l'un avait causé la mort de son maître, — et, en outre, la moitié de la pension viagère que touchait Maurice en sa qualité d'ancien chirurgien-major, composaient donc toute la fortune de la veuve.

Elle vendit les chevaux, les voitures et la plus grande partie des meubles, — elle loua un très modeste appartement, et en prit possession avec la petite Marguerite qui, ne comprenant pas encore l'étendue du malheur qui venait de frapper sa mère et elle, s'étonnait de se voir uniformément vêtue de noir, et redemandait ses robes roses.

Maurice ayant rompu, pour l'amour de Marie-Monique, avec la presque totalité des gens de sa connaissance, la veuve n'avait pas de relations et ne recevait personne, à une seule exception près.

L'objet de cette exception était un homme âgé qui venait habituellement chez le médecin pendant le cours des dernières années.

Cet ami de la maison, — le commandant comte de Ferny, — appartenant à une excellente famille de la province, — presque sans fortune, — mis à la retraite après une carrière militaire pleine de bravoure et de loyauté, mais sans avancement, — était venu achever sa vie dans sa ville natale où il possédait une maisonnette.

Le bras mutilé de Maurice et sa rosette d'officier de la Légion d'honneur lui avaient concilié tout d'abord les plus chaudes sympathies du vieux soldat.

Une sympathie non moins vive, et basée sur une haute estime, entraîna Maurice vers l'officier en retraite, dont le pays avait si mal reconnu et si peu récompensé les longs services.

De ce commun entraînement résulta une liaison aussi intime qu'il était possible qu'elle le fût entre deux hommes dont l'un était jeune encore et l'autre déjà un vieillard.

Le médecin avait voué au commandant les sentiments d'un fils, et le commandant n'aimait guère moins Maurice que si réellement il eût été son père.

A l'époque du mariage, quand un *tolle* universel s'élevait contre Maurice, le comte de Ferny, seul peut-être entre tous, avait courageusement et vigoureusement pris sa défense, et cela d'une façon si verte et si ferme que les plus chauds détracteurs de l'union projetée se trouvèrent réduits au silence, du moins en présence de leur irritable interlocuteur.

Il fut, comme de raison, l'un des deux témoins du médecin, à la mairie et à l'église. — Le mariage accompli, et lorsque Maurice eut fait la faute de rompre violemment avec presque toute la ville, le commandant resta fidèle au jeune ménage, et ses visites devinrent plus fréquentes encore que par le passé.

La petite fille vint au monde.

— Vous serez le parrain, mon ami !... — dit Maurice au vieux soldat.

— Non, — répliqua nettement celui-ci.

— Vous refusez !...

— Très bien.

— Et pourquoi?

— Parce que, n'ayant pas eu moi-même beaucoup de bonheur ici-bas, je craindrais de porter malheur à l'enfant.

— Quelle folie !

— Que voulez-vous ! je suis superstitieux... — D'ailleurs j'aimerai l'enfant comme un père... — vous voyez bien que je n'aurai pas besoin d'être son parrain.

— Cependant...

— N'insistez pas, je vous en prie... — fit le vieillard en interrompant Maurice, — il m'en coûte de vous refuser mais, pour les raisons que je vous ai dites, je persévérerai infailliblement dans mon refus... — Vous savez quels sont mes sentiments pour vous et pour votre chère femme... mon obstination dans cette circonstance ne peut donc vous faire douter de moi... — Si jamais il faut me jeter au feu ou à l'eau pour le petit être qui vient de venir au monde, je le ferai de tout mon cœur... — mais je ne serai pas son parrain.

Maurice ne put s'empêcher de sourire de cette superstition bizarre et tenace mais, ainsi que le lui demandait le commandant, il n'insista pas et la petite eut un autre parrain.

Après la mort tragique du médecin, M. de Ferny se montra à la hauteur de son rôle d'ami fidèle et dévoué.

Il ne fit point entendre à la malheureuse veuve

ces banales consolations qui ne font qu'irriter une douleur profonde et sincère, et dont les indifférents se montrent si volontiers prodigues.

Il ne lui dit pas :

— Calmez-vous et séchez vos larmes, qui ne rendront point la vie à celui qui n'est plus !

Il pleura avec elle.

Grâce à lui, Marie-Monique ressentit cette joie amère de voir que sa désolation était partagée et que la grandeur de son infortune était comprise.

— Ah ! — s'écria-t-elle un jour, emportée par l'élan de sa reconnaissance, — vous l'aimiez comme il méritait d'être aimé, vous ! — Quand je vais aller le rejoindre là-haut, je lui dirai tout ce que vous avez fait pour moi !

— Que parlez-vous d'aller le rejoindre ? — répondit fermement M. de Ferny. — Est-ce à dire que vous ne voulez plus vivre ?

— Ce n'est pas la volonté qui me manque, c'est la force... — je ne puis plus...

Le commandant eut un regard sévère.

— Est-ce que vous avez le droit de mourir ? — demanda-t-il avec fermeté. — Est-ce que Maurice ne vous a pas laissé une part de lui-même pour laquelle il vous faut vivre et souffrir ?... — Est-ce que vous pourriez, sans crime, faire de Marguerite une orpheline ? — Le soldat qui déserte son poste au moment du combat est un lâche... Comment donc appelleriez-vous la mère qui abandonnerait son enfant?...

En écoutant cet inflexible et vigoureux langage, Marie-Monique éclata en sanglots convulsifs.

Ensuite elle saisit les mains du vieillard et, malgré sa résistance, elle les couvrit de baisers et de larmes en balbutiant :

— Vous me rappelez à mon devoir... — vous me montrez le chemin qu'il faut suivre... — Merci, mon ami... — merci pour Maurice... pour Marguerite... et aussi pour moi... — Soyez tranquille... — j'aurai du courage désormais... j'aurai de la force... je vivrai...

— Les femmes sont comme les soldats, — se dit tout bas le commandant qui essuyait une larme avec le revers de sa main bronzée, — elles entendent la raison, mais il faut leur parler net et fort... — sinon, non !!...

Laissons s'écouler plusieurs années.

Marguerite avait grandi. — L'enfant était arrivé à cet âge où la transformation s'opère et où, — de même que le papillon sort de la chrysalide et se développe rapidement,—la petite fille devient jeune fille.

L'excessive modicité des ressources de madame Chesnel semblait lui faire une loi d'élever Marguerite avec une simplicité absolue et de conserver intacts pour elle les débris de l'humble succession du médecin.

Marie-Monique crut devoir agir autrement.

Aussitôt que l'intelligence précoce de l'enfant lui parut suffisamment développée, elle plaça sa fille dans le meilleur pensionnat de la ville.

Là, Marguerite reçut non seulement l'éducation classique qu'elle partageait avec ses compagnes, mais encore des talents de toutes sortes dont l'utilité pouvait paraître contestable dans la très modeste position que l'avenir lui gardait sans doute.

Ainsi elle eut, — exceptionnellement, et par conséquent à grands frais, — des maîtres de musique, d'anglais et de dessin.

Admirablement organisée pour les arts elle fit des progrès rapides, et chaque année, le jour de la distribution des prix, elle recevait de nombreuses couronnes qui faisaient bondir de joie et d'orgueil le cœur de sa mère.

Mais à quoi bon ces talents? — à quoi bon ces succès?

Voilà ce que se demandaient les indifférents avec ironie.

Voilà ce que le vieux commandant lui-même se demandait avec une profonde tristesse.

Il lui semblait que Marie-Monique suivait une fausse route et ne préparait à Marguerite que des chagrins et des déceptions.

Cependant, pour agir ainsi qu'elle le faisait, madame Chesnel puisait dans son ardent amour maternel des raisons, mauvaises peut-être, mais à coup sûr spécieuses.

— Moi qui n'étais qu'une simple ouvrière sans éducation, — se disait-elle, — et qui n'avais pour toute dot qu'un peu de beauté et beaucoup de sagesse, j'ai fait un mariage que rien ne me donnait le droit d'espérer... — Marguerite sera cent fois plus belle que je ne l'ai jamais été, — aucune jeune fille de l'aristocratie ne pourra l'emporter sur elle par l'instruction ou par les talents... — il est donc vraisemblable, il est probable même qu'il se présentera pour elle un parti brillant, et du moins celui qui l'épousera n'aura point à rougir de la nullité de sa femme, ainsi que cela a dû si souvent arriver à Maurice à cause de moi...

C'est de cette façon que raisonnait madame Chesnel.

Elle raisonnait faux; mais nous ne nous sentons ni la force ni le courage de la blâmer.

Les gens d'un esprit faible et qui lisent beaucoup de romans finissent par se persuader que les événements les plus romanesques sont aussi les plus fréquents dans la vie.

XVI

Le mariage de l'ouvrière avait été un chapitre de roman transporté en pleine réalité.

Marie-Monique ne s'était pas rendu compte que ce chapitre constituait une circonstance exceptionnelle et improbable, quoique vraie.

De l'exception elle avait conclu à la règle générale! — Cette déviation de logique est plus fréquente qu'on ne le pense.

Pauvre mère, qui par le temps qui court, en plein dix-neuvième siècle, comptait, pour amener un brillant mariage, sur la jeunesse, sur la beauté, sur la vertu, sur l'éducation d'une fille pauvre!...

Elle ignorait complètement l'époque à laquelle nous vivons, — et le culte de Sa Majesté l'Argent,

— et ces deux vers si cruellement vrais d'un poète contemporain :

> La dot à la laideur donne bien des appas;
> Et la beauté sans dot ne se mariera pas!

et dans l'espoir mal fondé d'un avenir chimérique, elle dépensait sans compter, non pas pour elle mais pour sa fille, les dernières bribes du mince héritage de Maurice.

Enfin un jour vint où, tout ce que des professeurs de petite ville pouvaient enseigner, Marguerite le sut.

Elle allait avoir quinze ans et demi.

Ce jour-là, madame Chesnel cessa de l'envoyer en pension.

Il était temps.

Quelques mois encore et l'argent aurait manqué pour payer les maîtres...

— Qu'importe? — se disait la mère en voyant combien étaient minimes désormais les ressources qui lui restaient. — Avant un an Marguerite sera mariée...

Depuis deux années déjà Marie-Monique avait quitté le logement occupé par elle après la mort de son mari, et elle s'était installée dans la petite maison située au fond de la ruelle qui conduisait de la rue du Breuil aux prairies et à la rivière, —

humble demeure ne grevant son budget que d'une somme annuelle de deux cents francs, tout en lui donnant la jouissance d'un jardin qui lui fournissait des légumes et quelques fruits... — notable économie sur des dépenses d'une autre nature.

Ce jardin faisait la joie de Marguerite.

Elle lui consacrait tous les instants que le travail ne réclamait pas; — elle l'entretenait elle-même avec un soin qu'aucun jardinier, — si consciencieux qu'il fût, — n'aurait égalé.

Elle surveillait les légumes, — elle les arrosait au besoin, — elle sarclait les plates-bandes, semait et plantait des fleurs, ratissait les allées, — piquait ses doigts mignons aux épines de la haie, qu'elle taillait et qu'elle émondait avec une régularité miraculeuse.

Enfin, — et tant il est vrai que les plus humbles choses peuvent revêtir une apparence gracieuse et se transfigurer en quelque sorte à force de soins, — Marguerite avait métamorphosé en un véritable petit paradis le misérable jardin que nous avons décrit dans l'un des précédents chapitres de ce livre.

Avons-nous besoin de dire ce qu'était en ce temps la jeune fille elle-même?

Assurément non.

Nos lecteurs n'ont qu'à remonter au portrait tracé par nous de la femme du commandant comte de

Ferny... — peut-être se souviennent-ils que, lors de sa première rencontre avec elle, Henry Varner l'avait prise presque pour une enfant.

Telle Marguerite était à seize ans, avec une expression de plus vif enjouement sur ses traits délicieux, — un éclair continu dans le regard, — le perpétuel sourire de l'innocence et de la gaieté sur la bouche.

Ce sourire, hélas ! ne devait guère tarder à s'éteindre !

De même que le jardin s'était transformé grâce à Marguerite, — les deux femmes, à force de minutieuses recherches de propreté, avaient modifié du tout au tout l'intérieur de la modeste chaumière.

Cet intérieur, sorte de hangar grossièrement planchéié, et coupé dans sa largeur par une cloison de briques percée d'une porte, formait deux pièces de moyenne grandeur.

La seconde de ces pièces était devenue la chambre à coucher de la mère et de la fille.

Un petit papier imitant le coutil, — le meilleur marché de tous ceux qu'il avait été possible de trouver à Vesoul, — couvrait les murs, la cloison et le plafond.

Le plancher, souvent lavé, était inégal et raboteux sans doute mais d'une propreté flamande.

Des rideaux de calicot blanc se drapaient aux

fenêtres et enveloppaient le lit de madame Chesnel et la couchette de Marguerite.

Les ustensiles de toilette, en faïence commune, rangés sur une table de sapin recouverte d'une serviette blanche, pouvaient rivaliser d'éclat avec les garnitures en précieuse porcelaine de Chine ou de Saxe, placées sur des toilettes-duchesses drapées de dentelles d'Angleterre.

La première pièce tapissée comme la chambre à coucher de papier à dix sous le rouleau, et garnie de quelque meubles apportés du précédent appartement, remplissait la destination de salon et de salle à manger. Des vases, que chaque jour Marguerite couronnait de gerbes de fleurs, la saturaient du parfum pénétrant des roses, des chèvrefeuilles, des résédas et de œillets.

Une sorte d'étroit cabinet, dans lequel madame Chesnel avait fait placer un poêle de fonte, servait à préparer les modestes repas des deux femmes.

Bien modestes, en effet, car le déjeuner ne se composait guère que de pain et de laitage, et le dîner d'un seul plat de viande ou de légumes.

Dans cette vie si complètement humble et cachée, — privée de toutes les joies et de tous les plaisirs de la jeunesse, — Marguerite se trouvait parfaitement heureuse entre sa mère et ses fleurs, et ne souhaitait point qu'un changement vînt à se faire dans sa position.

Quant à madame Chesnel, complètement ignorante du monde et de la vie, — ne sortant pas, — ne recevant personne à l'exception de M. de Ferny, — elle attendait avec confiance le mari jeune et riche qui, selon ses naïves espérances, ne pouvait manquer de se présenter pour sa fille.

Parfois, et tandis que Marguerite, dans le jardin, s'occupait de ses plates-bandes, Marie-Monique ouvrait son cœur au commandant et lui racontait ses rêves insensés.

M. de Ferny écoutait la pauvre mère sans jamais l'interrompre; — seulement, tandis qu'elle parlait, une expression de sombre tristesse envahissait la sévère figure du vieillard et, parmi les rides de son front, une ride plus profonde se creusait.

Puis, — quand madame Chesnel avait tout dit, ses désirs, ses ambitions, ses espoirs, — il penchait la tête sur sa poitrine et gardait le silence, au grand déplaisir de Marie-Monique.

Un jour cette dernière lui demanda, non sans un peu de vivacité :

— Pourquoi donc ne me répondez-vous pas, mon ami ?

— Eh !... que puis-je vous répondre ? — murmura-t-il.

— Est-ce que vous n'espérez pas, ainsi que moi, que Marguerite sortira par quelque brillant mariage de la médiocrité, je pourrais presque dire de la misère où nous sommes ?...

— J'espère que Marguerite sera heureuse... — répondit évasivement M. de Ferny, — et surtout je le désire de toute mon âme... Vous ne pouvez pas, vous, madame, quoique vous soyez sa mère, faire des vœux plus ardents que les miens pour le bonheur de cette douce et chère enfant !...

— Comme vous dites cela, mon ami !... A vous entendre, on croirait que vous doutez de l'avenir !

— A quoi me servirait l'expérience du passé, si je ne doutais pas ?... L'avenir n'est à personne, madame... l'avenir est à Dieu !...

— Sans doute, mais Dieu est juste, et il doit faire pour Marguerite tout ce que Marguerite mérite qu'il soit fait pour elle...

— Oui, certes, il le devrait...

— Croyez-vous donc qu'il ne le fera pas ?...

— Je ne crois rien. — Dieu est le maître, — sa volonté nous est inconnue. — Je ne suis pas dévot, mais je suis chrétien et je dis : — Dieu est juste, mais sa justice trompe souvent les prévisions des hommes....

— Votre air de tristesse et d'incertitude, quand je vous entretiens des belles destinées de ma fille, me met la mort dans l'âme !... — s'écria madame Chesnel. — Est-ce que, par hasard, vous pensez que Marguerite n'est pas assez belle et assez bonne pour être aimée, pour être épousée, et pour faire la joie et l'orgueil de celui dont elle deviendra la femme?... Mais que lui manque-t-il donc pour cela, à cette chère fille?

— Il ne lui manque rien, et je trouve que Marguerite est digne d'être aimée et d'être épousée par le fils d'un roi...

— Bien vrai?... C'est votre pensée, cela?...

— Je vous le jure!...

— A la bonne heure — vous me mettez dans le sang un peu de baume. — Mais entre nous, mon ami, je ne crois pas que le mari de Marguerite doive être un fils de roi... — du moins ce n'est pas probable, quoique ce ne soit point impossible; d'abord rien n'est impossible et, comme vous venez de le dire fort bien, elle le mériterait certainement, la chère petite; — mais je ne suis pas ambitieuse et je me contenterais pour elle à moins de frais que cela... Un bon et beau jeune homme, assez riche, voilà tout ce que je demande... — Vous conviendrez que c'est modeste, car enfin, moi, j'ai épousé Maurice, et j'étais loin, grand Dieu, de valoir autant que ma fille! Qui sait cependant où mon cher mari serait arrivé sans la catastrophe qui nous l'a ravi?... Oui, qui sait, sans cela?...

— Pauvre Maurice! — balbutia le commandant — que n'est-il encore avec nous!...

XVII

— Ah ! — reprit vivement madame Chesnel, après avoir essuyé les larmes que ne manquait jamais de lui arracher le souvenir de son mari, — il faudrait désespérer du monde, voyez-vous si, parce que Marguerite est sans argent, il ne se rencontrait pas un homme capable d'apprécier sa beauté merveilleuse, ses grandes qualités, ses talents sans nombre !! — Oui... oui... vous avez beau hocher la tête d'un air de doute, je sais ce que je dis ; — le monde vaut mieux que vous ne le croyez, mon ami, et la preuve c'est que moi, qui n'étais qu'une simple couturière sachant lire et écrire, et voilà tout, j'ai trouvé un honnête homme tel que Maurice qui m'a aimée et qui m'a prise pour femme, quoiqu'il fût autant au-dessus de moi que les étoiles sont au-dessus de la terre!... — Voyons, à cela qu'avez-vous à répondre?...

— Rien... — dit le commandant d'un air pensif.

— Ainsi, vous trouvez que j'ai raison?

— Oui.

— A la bonne heure!...

Là en était la conversation entre les deux interlocuteurs qui, bien qu'ils eussent fini par se ranger en apparence au même avis, n'en conservaient pas moins des façons de penser et des manières de voir diamétralement opposées.

Marguerite entra dans la chambre.

Au milieu de cette pauvre demeure l'apparition de la jeune fille faisait toujours, — sans métaphore, — l'effet d'un rayon de soleil.

Une sorte de nimbe doux et voilé, quelque chose de suave et de lumineux, semblait émaner de son innocence et de sa beauté.

Sa présence et sa grâce éclairaient l'humble intérieur dont elle était l'âme et la vie.

Elle s'était penchée longuement pour cueillir des fleurs, — un incarnat vif colorait ses joues. — Les prunelles de ses grands yeux brillaient d'un éclat incomparable. — Ses lèvres humides, soulevées par un sourire, laissaient voir ses dents plus blanches et mieux rangées que celles d'un jeune chien.

Il faisait chaud, — un large chapeau de paille

commune était attaché négligemment sur ses grands cheveux en désordre.

Elle ressemblait à la virginale divinité de la jeunesse et du printemps!...

La *Titania* du *Songe d'une nuit d'été* n'était, à coup sûr, ni plus belle ni autrement belle!

— Mais, regardez-la donc! — dit tout bas madame Chesnel au commandant.

— Ah! je la connais bien.... — répliqua-t-il du même ton.

Puis, dans son for intérieur, il ajouta :

— Pauvre mère... — si j'étais jeune et si j'étais riche, j'aurais assez de sagesse pour donner raison à votre folie... — mais je suis un vieillard... hélas!...

Et il soupira.

Cependant Marguerite, tenant dans ses mains une véritable gerbe de fleurs, s'était arrêtée sur le seuil et, de son côté, elle regardait sa mère et le vieil officier.

— Eh bien! — demanda-t-elle en riant, — que se passe-t-il donc ici?... Est-ce contre moi que l'on conspire? — Je suis absente, et l'on parle tout haut... si haut que depuis le jardin j'entendais la voix de ma mère... — J'arrive, et l'on se tait... ou plutôt on chuchote en ayant l'air de me montrer du doigt... — Si je vous gêne, faites un signe, et je retourne à ma moisson de fleurs...

— Chère fille, — dit Marie-Monique avec un attendrissement sans motif, — comme je t'aime !... Viens m'embrasser...

— Ah ! je ne demande pas mieux, par exemple ! ! — s'écria Marguerite en se jetant dans les bras de sa mère et en couvrant ses joues et son front de bons gros baisers bien francs et bien sonores.

Ensuite, se tournant vers le vieillard :

— Et vous, commandant, — dit-elle avec un adorable sourire, — ne voulez-vous pas que je vous embrasse aussi ?...

Puis, sans attendre la réponse de M. de Ferny, elle jeta lestement ses bras autour de son cou, et sur ses joues hâlées elle appuya ses lèvres à deux reprises.

Une émotion puissante contracta pendant quelques secondes les traits du vieillard qui devint très pâle.

Cette émotion et cette pâleur ne furent remarquées ni par la mère ni par la fille.

Marguerite reprit :

— Maintenant que j'ai embrassé tout le monde, regardez mes fleurs... les trouvez-vous assez belles ?... — Quel éclat ! ! Quel parfum ! ! — Ah ! que le bon Dieu est grand, et comme il est bon d'avoir créé les fleurs !... — Au moment de les couper, ces pauvres petites, ça me fait toujours un peu de peine, — il me semble qu'elles sont vivantes et qu'elles vont souffrir des coups de ciseaux que je leur donne... mais je réfléchis bien vite qu'elles se flétriraient sur leurs tiges plus vite que dans l'eau fraîche qui les abreuve en les conservant... — et puis ne sont-elles pas heureuses de mourir en prodiguant pour ma mère leurs vives couleurs et leurs doux parfums?...

Et Marguerite se mit à disposer dans les vases, avec un goût exquis, sa récolte de roses et d'œillets.

Ainsi se passait la vie des deux femmes dans la chaumière que nous avons décrite.

Les mois s'écoulaient.

Marie-Monique attendait toujours avec impatience le mari qu'elle rêvait pour sa fille; et que d'avance elle dotait d'autant de qualités prestigieuses qu'en ont dans les récits arabes les charmants princes des *Mille et une Nuits*.

Marguerite, — elle, — n'attendait rien, et, nous le répétons, ne désirait rien.

Elle venait d'avoir seize ans et demi, — elle ne demandait à Dieu que de lui conserver longtemps sa mère et de n'amener aucun changement dans leur existence calme et pauvre.

Ce double vœu, si simple et si modeste pourtant, ne devait point être exaucé.

Un matin madame Chesnel, en quittant son lit, se sentit plus faible qu'à l'ordinaire. Elle était aussi plus pâle.

— Ma mère, ma bonne mère, — demanda Marguerite inquiète, — qu'avez-vous?... — Êtes-vous souffrante?...

— Ce n'est rien, chère fille, — répondit Marie-Monique qui croyait ne dire que la vérité. — J'ai mal dormi cette nuit et j'éprouve un peu d'abattement; mais cela sera passager et ne vaut pas la peine que l'on s'en tourmente un instant...

En effet, pendant toute la matinée, madame Chesnel s'occupa comme de coutume des soins du ménage et des mille détails de l'intérieur.

— Tu vois, — disait-elle, — tu vois combien j'avais raison de t'affirmer que mon malaise n'était rien...

L'inquiétude passagère de la jeune fille se dissipa complètement.

Mais, dans l'après-midi, une soudaine défaillance s'empara de Marie-Monique qui serait tombée sans connaissance sur le plancher si Marguerite ne s'était trouvée à côté d'elle pour la recevoir dans ses bras et pour l'asseoir dans son fauteuil où elle s'évanouit.

Pour la première fois de sa vie, Marguerite assistait à cet état de complet anéantissement de toutes les facultés physiques, qui d'un être vivant encore fait l'exacte représentation d'un cadavre...

Elle crut que sa mère était morte.

Elle se jeta à genoux à côté d'elle et, presque

folle de terreur et de désespoir, elle couvrit de baisers et de larmes ses mains inertes en poussant des cris déchirants.

Sur ces entrefaites, et par grand bonheur, arriva M. de Ferny.

Il s'efforça de rassurer la jeune fille, — il détacha de la muraille un petit miroir et il l'approcha des lèvres de Marie-Monique.

Un souffle léger ternit à l'instant la surface polie de la glace.

— Mon enfant, — dit-il ensuite, — votre mère est vivante, je vous le jure sur l'honneur ; — il est possible que son évanouissement n'ait rien de grave... cela est même problable... Donc, je vous en supplie, calmez-vous...

Mais Marguerite, dont l'agitation nerveuse avait atteint des proportions effrayantes, n'écoutait rien, ou plutôt elle ne pouvait rien entendre, et par conséquent rien comprendre.

Les paroles du commandant frappaient ses oreilles comme un son vague, sans arriver jusqu'à son intelligence momentanément obscurcie.

Elle continuait à se tordre les bras et à sangloter en répétant d'une voix à peine distincte, avec une expression déchirante :

— Ma mère est morte !... ma mère est morte !...

M. de Ferny lui prit la main, et lui dit d'un ton presque impérieux :

— Marguerite, regardez-moi et écoutez-moi... il le faut...

La jeune fille, dominée par l'accent ferme de ces paroles, leva les yeux sur le commandant, et pendant quelques secondes ses sanglots et ses gémissements firent trêve.

M. de Ferny pousuivit :

— Je vous dis que votre mère est vivante... — M'entendez-vous ?...

— Oui, — balbutia Marguerite.

— Elle a besoin de prompts secours, — continua le commandant, — il faut que je sorte pour aller chercher un médecin...

Les sanglots de Marguerite, un instants contenus, éclatèrent de nouveau à ces mots.

M. de Ferny reprit avec force :

— La vie et la mort de votre mère sont entre vos mains...

La jeune fille le regarda d'un air effaré.

— Oui, — dit-il en appuyant sur chaque mot, — cent fois oui, et voici comment : — Si vous ne vous calmez pas, je ne puis vous abandonner à vous-même dans un pareil état. — Je resterai donc, — et, faute de secours immédiats, votre mère va peut-être mourir... — Me comprenez-vous, Marguerite ?

— Oui... oui, — murmura la jeune fille, — je

vous comprends... il faut du secours... — Allez... allez... allez vite...

— Etes-vous calme?...

— J'essaye...

— Il faut faire plus qu'essayer, — il faut réussir!... — Etes-vous calme?

XVIII

Par un suprême et sublime effort, Marguerite commanda à son émotion, — à ses inquiétudes, — à ses nerfs ébranlés.

Ses larmes s'arrêtèrent, — son visage livide reprit une expression qui n'avait plus rien d'égaré ; — ses sanglots étouffés cessèrent de jaillir de son cœur pour monter à sa gorge.

— Vous le voyez, — dit-elle ensuite, je suis calme, — vous pouvez sans crainte me laisser seule avec ma mère. — Courez chercher un médecin...

Le commandant, profondément ému de l'héroïsme filial avec lequel Marguerite venait de triompher d'elle-même, serra la main qu'il tenait toujours, et sortit avec une rapidité aussi grande que s'il avait eu vingt ans de moins.

Aussitôt après son départ la jeune fille se laissa retomber à genoux à côté de sa mère en murmurant à travers ses larmes qui, comme deux sources arrêtées un instant, recommençaient à couler avec abondance :

— Si cependant il m'avait trompée, ou s'il s'était trompé lui-même... si elle était morte ! !... morte !... Oh ! ma mère !...

Et l'expression de son regard redevenait vague, — et ses lèvres répétaient machinalement, comme les lèvres d'un automate ou d'un fou, ces mots sinistre :

— Morte !... morte !... si elle était morte !...

. . . .

Au bout de moins d'un quart d'heure le commandant revint avec un médecin.

En entendant les pas des deux hommes Marguerite s'était relevée vivement et, comme la première fois, elle avait arrêté ses larmes et refoulé ses sanglots.

Le médecin alla droit à Marie-Monique, lui saisit le bras et appuya ses doigts sur la veine.

Marguerite et le commandant le regardaient tous les deux avec angoisse, et paraissaient attendre leur arrêt de mort.

Une sensation inouïe envahit soudain ces deux cœurs.

Sur les lèvres du médecin se dessinait un sourire.

— Vous aviez raison, commandant... — dit-il.

Puis, s'adressant à Marguerite, il ajouta :

— Soyez sans inquiétude, mademoiselle, nous avons ici une syncope et rien de plus...

— Ainsi, — demanda M. de Ferny, — aucun danger ?

— Aucun.

— Qu'allez-vous faire ?

— Pratiquer une saignée légère... — J'ai apporté des bandes. — Je prierai seulement mademoiselle de vouloir bien me donner une cuvette...

Marguerite s'élança dans la seconde pièce et en revint aussitôt avec la cuvette demandée, qu'elle voulut tenir elle-même pour recevoir le sang qui ne tarda guère à couler doucement, puis plus fort, de la veine entr'ouverte.

Mais en voyant ce sang tomber goutte à goutte d'abord et jaillir ensuite comme un filet écarlate dans le bassin de faïence, la jeune fille éprouva une sensation étrange et dont elle n'avait pu se faire jusqu'alors aucune idée.

Ce fut une sorte de tremblement intérieur, — une bizarre agitation du cœur qui battit convulsivement contre les parois de la poitrine, — puis une faiblesse générale de tous les membres ; — le cœur cessa de battre, — les yeux se voilèrent, — les lèvres devinrent blanches comme un linge, — et enfin, au moment où madame Chesnel, revenant à elle-même, fit un mouvement et ouvrit les yeux, la cuvette allait s'échapper des mains de Marguerite si le commandant ne la lui eût rapidement enlevée.

L'évanouissement de Marie-Monique cessait et Marguerite à son tour se trouvait mal.

Par bonheur cette défaillance, — que la vue du sang produit souvent chez les gens les plus vigoureux et les mieux constitués, — fut d'une durée extrêmement courte.

Le médecin fit respirer à la jeune fille un flacon rempli de sels violents, et elle recouvra presque aussitôt assez de forces pour pouvoir embrasser sa mère.

Le lendemain, Marie-Monique, — sauf un peu de faiblesse résultant de la saignée de la veille, — semblait complètement remise et paraissait ne s'être jamais mieux portée.

Cette situation rassurante se prolongea pendant quelques jours.

Les forces de madame Chesnel revenaient, les inquiétudes de Marguerite se dissipaient par conséquent pour céder la place à une sécurité absolue.

Seul, le commandant n'était pas tranquille ; mais il cachait avec soin la défiance instinctive et irraisonnée qui lui faisait redouter une rechute dans un prochain avenir.

Le médecin, auquel il communiquait ses craintes lui avait répondu :

— Vous vous trompez... — madame Chesnel est d'une excellente nature. — Sa robuste constitution n'ayant jamais souffert, ne peut être usée. — Comme on dit dans notre pays, c'est une femme *bâtie à chaux et à sable!* — A moins qu'elle ne soit emportée un beau matin par quelqu'une de ces maladies foudroyantes qui déjouent toutes les prévisions, telles que les fluxions de poitrine, la fièvre cérébrale, la fièvre typhoïde, etc., elle est taillée pour vivre cent ans !...

— Que Dieu vous entende ! — murmura M. de Ferny.

— Il m'entendra, gardez-vous d'en douter ! — répliqua le médecin en riant.

Rien n'était plus net et plus positif que ces affirmations, et cependant l'homme de la science s'illusionnait, — tandis que le commandant ne se trompait point...

Explique qui voudra, ou plutôt qui pourra, cette sorte de divination, cette seconde vue mystérieuse qui lui montrait le doigt de la mort appuyé sur le front de Marie-Monique... — Nous racontons, nous ne commentons pas.

Toujours est-il que, deux semaines après la première crise, une nouvelle défaillance vint brusquement terrasser madame Chesnel, qui tomba comme morte dans une allée de son jardin où elle se promenait avec Marguerite.

Cette fois encore, par un hasard providentiel, ce funeste événement coïncida avec l'heure de la visite habituelle du commandant.

Aidée par le vieillard, la jeune fille put venir à bout de porter sa mère dans la maison et de la coucher sur son lit.

Le médecin, appelé en toute hâte, fit revenir la malade à elle-même, mais il ne souriait plus et son sourcil froncé indiquait clairement qu'il commençait à trouver la chose grave.

A partir de ce moment, madame Chesnel fut perdue.

Elle n'avait aucune de ces affections dont l'art médical connaît la naissance et la marche et dont il peut, à tout le moins, essayer de combattre et d'arrêter les ravages.

Marie-Monique ne souffrait pas.

Elle se mourait d'une maladie sans nom, — d'une langueur croissante, d'une désorganisation inexplicable des principes de la vie.

A voir les rapides progrès de sa faiblesse, il eût été presque possible de compter d'avance le nombre des jours qui la séparaient de son dernier jour.

D'abord, appuyée sur le bras de Marguerite, elle avait pu faire le tour du jardin quand le tiède soleil de midi jetait ses rayons bienfaisants sur la campagne jaunie par l'automne.

Bientôt, cette promenade de deux ou trois minutes avait dû s'abréger encore et se réduire à quelques pas.

Puis, Marie-Monique ne s'était plus senti la force de sortir de la maison.

Enfin ses pieds chancelants refusaient de la soutenir depuis son lit jusqu'au fauteuil placé devant la cheminée où, malgré la chaleur du dehors, un grand feu brûlait sans cesse ; — il fallait maintenant la porter et l'étendre dans ce fauteuil.

Le médecin ne comprenait rien à ce mal étrange. — et il l'avouait lui-même avec une franchise digne d'éloge.

La mort approchait, rapide et inévitable. — Cela seulement lui paraissait clair comme le jour.

Marguerite, en face de cette dévorante agonie de sa mère, conservait toutes ses illusions, — elle croyait à une atteinte passagère que suivrait un prompt et complet retour à la santé.

Madame Chesnel, — quand sa fille lui parlait de ses espérances, — souriait doucement et à son tour parlait des projets dont elle remettait la réalisation à l'époque prochaine de sa convalescence.

Mais sourires et paroles n'avaient d'autre but que d'entretenir et de prolonger la consolante erreur de Marguerite.

La pauvre mère ne se trompait point sur son état ; — elle sentait bien que sa dernière heure était proche et, pendant ses nuits sans sommeil, elle pleurait avec une indicible amertume toutes les larmes de son cœur brisé, en se demandant ce que l'orpheline allait devenir après elle, dans ce monde où elle resterait seule et abandonnée...

Elle regrettait alors, mais trop tard, les sommes follement dépensées pour l'inutile éducation de Marguerite.

A quoi devaient servir à la jeune fille ces talents chèrement acquis, puisque sa seule ressource dans l'avenir serait de travailler pour gagner son pain de chaque jour ?

En effet, la modique pension touchée par la veuve du chirurgien-major s'éteindrait avec elle, et Marguerite se trouverait littéralement sans un sou.

Ces pensées torturaient madame Chesnel, et de la fin de sa vie faisaient un indicible martyre... — Cependant elle trouvait dans son dévouement maternel la force de paraître calme devant Marguerite et de lui sourire ! !

De tous les chefs-d'œuvre échappés des mains du sublime Créateur des mondes, le cœur des mères est le plus parfait ! !...

XIX

Depuis l'époque où l'état de Marie-Monique était devenu si soudainement désespéré, le commandant semblait en proie à une préoccupation continuelle qui grandissait et se faisait de plus en plus visible, de semaine en semaine, de jour en jour et pour ainsi dire d'heure en heure.

Quand il se trouvait seul avec la mourante, il prenait parfois l'attitude d'un homme qui se décide à laisser échapper un secret longtemps caché !... Ses lèvres s'entr'ouvraient, prêtes à révéler la cause de cette écrasante et incessante préoccupation, — mais toujours, au dernier moment, son courage semblait faillir, et il balbutiait d'un air embarrassé des paroles sans suite, des phrases vagues et indistinctes.

Absorbée dans ses inquiétudes et dans ses douleurs personnelles, Marie-Monique ne remarquait ni les réticences, ni les hésitations, ni les combats intérieurs, si étranges pourtant, du vieux soldat.

Lorsque après un de ces entretiens avortés M. de Ferny quittait madame Chesnel, il s'irritait contre lui-même et on aurait pu l'entendre murmurer :

— N'aurai-je donc jamais la force de parler? Tremblerai-je ainsi longtemps, quand le temps va manquer devant moi? Hésiterai-je davantage quand les hésitations ne sont plus ni possibles ni permises? — Mordieu!... je me fais honte et pitié, avec ces ridicules et coupables faiblesses!... Pourquoi donc reculer encore? Ce que j'ai à dire n'est-il pas honorable, et digne d'un honnête homme et d'un homme de cœur? — Non, de par tous les diables, je ne remettrai plus? — Foi de comte de Ferny, je parlerai demain!

Le lendemain arrivait et le commandant, dominé de nouveau par ses insurmontables irrésolutions, ne parlait pas plus que la veille!

Et cependant, ainsi que nous venons de l'entendre dire à lui-même, le temps allait manquer!... — bientôt les oreilles dans lesquelles il voulait laisser tomber son secret, ne seraient plus là pour l'entendre...

Marie-Monique n'était maintenant que l'ombre d'elle-même, — elle s'en allait, comme disent les bonnes gens, — et quand, à la nuit tombée, tous les bruits de la terre se taisaient, on aurait pu, en écoutant bien, entendre le vol de la mort battant l'air de ses puissantes ailes et se rapprochant rapidement pour venir enlever sa proie.

Un matin, madame Chesnel chercha et trouva sans peine un prétexte qui lui permît de rester pendant quelques minutes seule avec le médecin.

Pour la première fois, depuis le commencement de sa maladie, elle le regarda bien en face et elle lui dit :

— Docteur, combien de jours me reste-t-il à vivre ?

Le médecin, — convaincu jusqu'à ce moment que madame Chesnel ignorait l'implacable gravité de sa situation, — fit un soubresaut en entendant cette question si nette et si précise, — ne répondit pas d'abord et chercha quelques paroles évasives...

— Docteur, — reprit Marie-Monique, — je vous demande le compte des jours que vous croyez pouvoir me promettre, et j'ai, pour vous faire cette question, une raison grave, un motif sacré. — Répondez-moi donc, je vous en prie, et parlez-moi avec une franchise absolue...

— Mais, madame, — dit le médecin non sans embarras, — je vous affirme que vous vous trompez... — vous vous faites illusion sur votre état, pénible sans doute mais qui n'a rien de désespéré, tant s'en faut... — Chassez bien loin ces inquiétudes irraisonnées qui pourraient devenir funestes. — Ne doutez pas de mon affirmation quand je vous dis : — Nous vous sauverons...

Le médecin sans doute aurait laissé couler pendant longtemps encore le jet continu de ses consolations banalement rassurantes, s'il n'eût été arrêté par l'expression d'incrédulité complète empreinte sur le visage de celle à qui ces paroles s'adressaient.

— Docteur, — dit la mourante avec énergie, — vous supposez qu'en ma qualité de femme et de femme agonisante je suis faible, — vous pensez que la mort me fait horreur, — et vous agissez en homme charitable puisque vous cherchez à me cacher son approche... — Je vous en remercie, mais votre compassion manque son but. — Je sais qu'ici-bas tout est fini pour moi, et je ne tremble pas, — mais, je vous le répète, j'ai des motifs sacrés pour ne point vouloir être enlevée à l'improviste. — Regardez-moi donc, — interrogez-moi s'il le faut, — étudiez la désorganisation de mon pauvre corps et, quand vous aurez acquis une certitude, répondez sans détours et avec une franchise loyale à la question que je vous ai faite tout à l'heure... — Combien ai-je de jours à vivre?...

— Madame, il m'est impossible de vous dire ce

que vous me demandez... — balbutia le médecin.

— Impossible? — répéta Marie-Monique.

— Oui.

— Pourquoi?

— Vous croyez en Dieu, n'est-ce pas?

— Certes!...

— Eh bien, Dieu est le maître de faire un miracle... — peut-être en fera-t-il un pour vous...

Madame Chesnel sourit tristement.

— Vous avez raison, — dit-elle ensuite. — Dieu me sauvera s'il le veut; — mais en dehors de cette hypothèse, à la réalisation de laquelle vous ne croyez guère, non plus que moi, vous pouvez me fixer sur ce que j'ai un si grand intérêt à connaître. — Je vous supplie de le faire et, si la force ne me manquait point, je me jetterais à vos genoux pour vous le demander...

Poussé dans ses derniers retranchements, le médecin ne pouvait reculer davantage.

— Madame, — dit-il, — dans quinze jours vous serez encore vivante.

— Quinze jours? — murmura la mourante.

— Oui, madame... mais je n'ose espérer un plus long sursis...

— Allons, c'est mieux que je n'espérais!... Et vous êtes sûr de ne pas vous tromper, docteur?

— Aussi certain que je le suis d'être là, debout, près de vous...

— Et conserverai-je jusqu'au bout mes facultés morales?

— Jusqu'à la dernière minute, votre intelligence restera nette et lucide.

— Souffrirai-je beaucoup avant de mourir?

— Pas un seul instant... Quand arrivera l'heure suprême, vous vous endormirez d'un calme sommeil...

— Qui n'aura pas de réveil, voilà tout... n'est-ce pas, docteur?

Le médecin, sans répondre, baissa la tête en signe d'assentiment.

Marie-Monique sourit de nouveau.

Ensuite elle reprit :

— Mais savez-vous, docteur, que de tous les genres de mort vous me promettez le plus doux... — ma raison jusqu'à la fin, — nulle souffrance, — un calme sommeil... — Merci, docteur...

— Je vous supplie, madame, de ne point oublier qu'en vous disant ce que je viens de vous dire, je n'ai fait que céder à vos questions, — je n'ai fait que céder à vos instances pressantes et réitérées...

Marie-Monique fit un effort pour soulever sa main amaigrie et presque diaphane, et pour la tendre au médecin.

— Soyez tranquille, docteur, — dit-elle, — je

n'oublierai pas que vous êtes bon et que vous venez de me rendre un service que j'aurais volontiers acheté, fût-ce au prix de la moitié de mes derniers jours...

Après un court silence elle continua, avec le même sourire doux et triste :

— Et cependant vous conviendrez sans peine que, lorsqu'il en reste aussi peu, on aurait bien le droit de s'en montrer avare...

Malgré son habitude de voir la mort de près et sous toutes les formes, le médecin se sentait le cœur serré par l'héroïque résignation de madame Chesnel.

Il avait hâte de sortir, car il craignait de laisser éclater l'émotion qui le dominait.

En ce moment la délicieuse tête brune et pâle de Marguerite se montra dans l'encadrement de plantes grimpantes de la porte du jardin.

— Puis-je revenir ? — demanda-t-elle.

— Oui, mon enfant... — répondit Marie-Monique.

Le médecin profita de l'entrée de la jeune fille pour quitter la maison en essuyant une larme involontaire.

Marguerite vint s'asseoir à côté de sa mère, sur les genoux de laquelle elle éparpilla des poignées de fleurs.

— Embrasse-moi, mon enfant, — dit madame

Chesnel, — embrasse-moi, chère fille bien-aimée...

Et tandis que Marguerite jetait ses beaux bras caressants autour du cou de sa mère, cette dernière ajouta :

— Je viens de causer longuement avec le docteur... — il m'a dit et même il m'a prouvé que j'allais beaucoup mieux... — je sais maintenant à n'en pouvoir douter quand ma maladie sera finie...

— Et sera-ce bientôt, bonne mère?...

— Oui, bientôt...

— Mais quand?...

— Dans quinze jours...

Marguerite, qui s'était agenouillée devant sa mère, se releva en entendant ces paroles et se mit à frapper joyeusement ses mains l'une dans l'autre.

Marie-Monique se disait tout bas, en la regardant :

— Dans quinze jours, pauvre enfant, tu seras seule ici... seule et vêtue de noir!...

Dans l'après-midi de ce même jour, à son heure habituelle, arriva M. de Ferny.

Tout en faisant, à pas plus lents que de coutume, le trajet qui séparait sa demeure de la maison de Marie-Monique, le vieillard s'était dit vingt fois :

— Ce sera pour aujourd'hui... — aujourd'hui je parlerai...

Et sans doute, — au moment décisif, — comme la veille, comme l'avant-veille, ses hésitations, ses irrésolutions, seraient revenues l'assaillir.

Mais le hasard, — ou plutôt la volonté de madame Chesnel, — devait le contraindre à ne plus reculer et à s'expliquer enfin.

XX

La mourante était étendue dans son fauteuil auprès de la cheminée où flambait un feu clair.

Un rayon de soleil se glissant à travers les rideaux de la fenêtre tombait sur son visage, dont il mettait en relief la maigreur effrayante et la pâleur sinistre.

Les lignes angulaires de cette figure jadis si belle lui donnaient l'aspect et la rigidité d'une figure de mort.

Toute la vie semblait s'être concentrée dans le regard de ses grands yeux, agrandis encore par l'absence des chairs qui collait la peau sur les parois osseuses du visage.

Ce regard brillait d'un éclat fébrile.

— Comment vous trouvez-vous aujourd'hui, ma pauvre amie?—demanda le commandant, épouvanté des ravages nouveaux que la consomption avait faits depuis quelques heures.

Marguerite était là, souriante, presque joyeuse.

Marie-Monique répondit :

— Je me trouve mieux, beaucoup mieux... — Merci de votre intérêt qui ne se dément point et dont vous m'avez donné tant de preuves...

La jeune fille ajouta vivement :

— Si vous saviez comme je suis heureuse... — le médecin a dit ce matin à maman que cette terrible maladie ne durerait plus guère désormais et que dans quinze jours tout serait fini...

— C'est vrai, — reprit madame Chesnel, — Marguerite vous répète les paroles mêmes du médecin... Dans quinze jours... vous entendez, mon ami, dans quinze jours...

Et comme M. de Ferny baissait la tête, frappé de stupeur par cette espérance insensée qu'exprimait si naïvement la jeune fille et que la mère semblait partager, Marie-Monique continua, en s'adressant à Marguerite :

— J'ai à causer d'affaires avec le commandant... — laisse-nous, chère fille bien-aimée, et va t'occuper un peu de tes fleurs...

— Vous me rappellerez bientôt, ma bonne mère?

— Le plus tôt possible... — Va, mon enfant.

Marguerite sortit.

Quand elle eut quitté la chambre en refermant la porte derrière elle, Marie-Monique se tourna lentement vers M. de Ferny, dont l'attitude exprimait une profonde et douloureuse émotion.

— Vous avez entendu, mon ami, — fit-elle, — et vous n'avez pas l'air de croire ce que Marguerite vous a dit et ce que je vous ai répété. C'est pourtant vrai, exactement vrai. Dans quinze jours tout sera fini...

Puis, après une courte pause, Marie-Monique ajouta :

— Dans quinze jours je serai morte.

Le commandent tressaillit.

— Morte ! — s'écria-t-il.

— Plus bas !... parlez plus bas !... — Marguerite pourait vous entendre !... — Pauvre enfant... ses larmes couleront assez vite ! gardons-lui ses dernières illusions, — elles seront courtes...

Et comme M. de Ferny allait répondre, la mourante ne lui en laissa pas le temps.

— Ne me dites pas que je me trompe, mon ami... vous savez que j'ai raison et que je vais mourir, mais vous le savez moins bien que moi... — Je ne voulais pas être surprise par la mort, — j'ai questionné le docteur, — il refusait de me répondre, mais j'ai insisté de telle façon qu'il a dû céder à mes prières.

— Il m'a tout dit, — j'ai le droit de compter encore sur quinze jours de vie. — Pour que je sois là, près de vous, le seizième jour, il faudrait un miracle de Dieu... et ce miracle ne se fera pas...

— Mais, — balbutia le commandant, — pourquoi donc teniez-vous tant à acquérir cette cruelle certitude ?

— A cause de vous, mon ami...

— A cause de moi?... — répéta M. de Ferny stupéfait.

— Oui, — je voulais vous parler, et je voulais que cet entretien suprême n'eût lieu qu'au moment où tout espoir de rester sur la terre serait bien décidément évanoui... — Ce moment est venu... — Vous allez m'entendre... — Votre réponse, dont je ne doute point, rendra ma mort moins cruelle et la fera presque douce...

Le commandant sachant bien qu'en effet Marie-Monique, sûre de son attachement ne doutait pas de lui, ne fit aucune de ces protestations qu'un indifférent aurait cru devoir prodiguer.

Il s'assit à côté de la mourante et lui prit la main.

Cette main répondit par une pression légère au geste affectueux du vieillard.

— Vous devinez bien un peu, n'est-ce pas, mon ami, ce dont j'ai à vous parler? — demanda madame Chesnel.

Le commandant fit un signe de tête qui voulait dire clairement :

— Oui.

Marie Monique continua :

— Il s'agit de Marguerite...

Une faible rougeur vint colorer les joues hâlées du vieux soldat qui baissa les yeux, évitant ainsi que son regard ne vînt à se croiser avec celui de la mourante.

Madame Chesnel ne remarqua point ce trouble qui n'aurait pas manqué de lui paraître inexplicable.

Elle reprit :

— Pauvre Marguerite !... dans quelle position va-t-elle se trouver quand je serai partie !... — Je frémis en y pensant et, si je mourais à cette minute, je mourrais avec un couteau dans le cœur !... Vous avez connu tous les rêves que je faisais pour ma fille... — hélas ! c'étaient des rêves ! — Ce modeste héritage que son père m'avait laissé, mais qui était à elle, puisque moi je n'avais rien en épousant Maurice, ces quelques milliers de francs dont j'aurais dû me regarder seulement comme la dépositaire, je les ai dissipés follement... pour elle, il est vrai, pour elle seule, mais dans un espoir sans fondement qui devait ne se réaliser jamais... — Cet argent, s'il existait encore, assurerait du moins à Marguerite le pain de quelques années et lui donnerait les moyens d'attendre des jours meilleurs! — Ah! si vous saviez combien sont cruels les reproches que je m'adresse pour mon innocente démence! — J'ai cru bien faire; mais ce n'est pas une excuse, puisque j'ai mal fait et puisque mon enfant souffrira par ma faute!...

Pendant une ou deux secondes, la tête de madame Chesnel se pencha sur sa poitrine.

Quelques larmes coulèrent de ses yeux, auxquels la fièvre lente et sourde donnait l'éclat du diamant.

Puis la pauvre mère continua d'une voix émue :

— Oui, la position de ma chère fille est horrible!! — Ma pension de veuve va s'éteindre en même temps que moi... — Marguerite n'a rien, rien au monde, et le lendemain de ma mort il faudra qu'elle travaille ou qu'elle mendie, si quelque main amie ne s'étend pas vers elle pour la soutenir et pour la protéger... — J'ai pensé que cette main serait la vôtre... j'ai pensé que vous n'abandonneriez point la pauvre enfant dont le père avait été votre ami, et dont la mère au désespoir vous implore avant de mourir!... Oh! dites-moi que je ne me suis pas trompée!! Dites-moi que vous serez un père pour l'orpheline!... — Dites-moi cela et, grâce à vous, mon âme s'envolera pleine de reconnaissance et d'espoir!

Madame Chesnel, en parlant ainsi, s'efforçait

d'étendre ses deux mains tremblantes vers le vieux soldat qui pleurait en l'écoutant.

Lorsque la naturelle et puissante émotion des deux interlocuteurs se fut un peu calmée, le commandant saisit les mains de Marie-Monique, sur lesquelles il appuya respectueusement ses lèvres.

Puis il répondit :

— Puissent mes paroles rendre le calme à votre âme si noble, ma pauvre amie!!... Puissent-elles apporter une suprême consolation à la fin de votre vie si pure et si courte!!... Vous me connaissez, vous savez si j'ai jamais menti... vous savez si Maurice m'estimait... Eh bien, sur mon honneur de gentilhomme et de soldat, je vous jure de n'abandonner jamais Marguerite!

Le rayonnement d'une joie presque céleste vint mettre son auréole autour du visage de Marie-Monique qui, pendant quelques secondes, offrit dans ses lignes transfigurées des vestiges de sa beauté d'autrefois.

— Ah! — balbutia la pauvre femme, — pourquoi donc n'ai-je pas la force de tomber à vos genoux pour vous remercier!...

Et de ses yeux illuminés d'un feu moins sombre coulaient des larmes qui n'avaient plus d'amertume.

— Maintenant, écoutez-moi, — dit M. de Ferny, — écoutez-moi, mon amie, car il faut que je vous parle à mon tour... — Vous m'avez dévoilé votre âme... vous m'avez témoigné une sublime confiance dont je serai fier et reconnaissant tout le reste de ma vie... — je vais vous imiter, je vais vous ouvrir mon cœur, car rien de ce qui s'y passe ne doit vous rester caché...

Ce début étonna madame Chesnel.

Qu'allait-elle entendre après ces paroles prononcées avec une fiévreuse exaltation ?

Son attente ne fut pas de longue durée.

— J'irai droit au but, — s'écria le comte, — j'irai droit au but comme j'allais droit au feu, quand j'étais jeune et quand j'étais soldat... — Ne vous effrayez pas de ce que je vais vous dire... — Si les vœux que je forme vous paraissent dictés par un accès de folie ou de délire, si leur réalisation vous semble impossible, dites-le-moi franchement, — brutalement. — J'en souffrirai sans doute; mais qu'importe? — le serment que je vous ai fait tout à l'heure n'en sera pas moins sacré et n'en sera pas moins tenu !... — J'aime Marguerite...

XXI

L'expression d'indicible stupeur qui se peignit sur le visage de madame Chesnel indiqua clairement que la pauvre femme se demandait si elle rêvait tout éveillée, et si les mots qui frappaient son oreille avaient bien réellement le sens que son imagination troublée leur prêtait.

— Vous aimez Marguerite... — balbutia-t-elle ; — vous l'aimez... comme un père...

— C'est longtemps ainsi que je l'ai aimée, — répondit M. de Ferny que rien ne pouvait plus arrêter, maintenant que le premier pas était fait, — mais aujourd'hui je l'aime autrement... — A cette tendresse paternelle d'un vieillard pour une enfant se mêle un sentiment plus tendre, plus ardent, que j'ai senti naître avec surprise et presque avec effroi !...

J'ai voulu l'arracher de mon cœur quand il me semblait que je pouvais encore le faire... — j'ai tout essayé, j'ai tout tenté vainement ! j'ai lutté contre moi-même et j'ai été vaincu dans la lutte !... — Cet amour, car c'est de l'amour, a grandi malgré mes efforts... Il s'est emparé de mon être tout entier, — il me consume, — il me dévore ! — J'aime Marguerite et je n'existe plus que pour l'aimer ! — Que de fois dans ma vie, lorsque j'étais plus jeune et qu'on parlait devant moi de l'amour d'un vieillard, j'ai souri de dédain et de pitié ! — Croyez-vous que je me fasse illusion ? — croyez-vous que je ne sache pas combien est triste et ridicule le feu qui dévore un vieux cœur ? Ah ! tout ce que peut dire le monde à ce sujet, je l'ai pensé, je l'ai dit cent fois... — et je le pense encore... — Et j'aime cependant, et j'aimerai jusqu'au dernier souffle de mes lèvres, jusqu'au dernier battement de mon cœur consumé...

M. de Ferny se tut.

Marie-Monique ne répondait pas.

Tout au plus conservait-elle la faculté de penser, tant les révélations inouïes qu'elle entendait lui semblaient en dehors des limites du possible.

Le commandant, — un homme qui, même auprès d'elle, était un vieillard, — amoureux de Marguerite, une enfant née d'hier !...

Marie-Monique ne pouvait y croire ! — cet amour

lui semblait incompréhensible et presque monstrueux !

— Ah ! — reprit M. de Ferny avec plus de sang-froid qu'il n'en avait montré jusque-là, — je vois bien ce qui se passe en vous, mon amie, et je fais mieux que le voir, car je le comprends et je l'approuve ! — Comme vous et avec vous j'en conviens, c'est une passion étrange qui met ainsi du feu dans un sang refroidi par l'âge... — c'est une bizarre folie qui pousse un homme au déclin de sa vie à souhaiter pour compagne de ses dernières années une fille éblouissante de jeunesse et de grâce... — c'est une fantaisie sinistre qui rêve l'enchaînement impossible des fleurs du printemps et des neiges de l'hiver... qui veut inoculer la sève de l'arbre naissant au chêne séculaire, ébranché par les orages et foudroyé vingt fois ! — Tout cela je le sais, tout cela je le sens, et depuis des mois il n'est pas une heure dans le jour, il n'est pas une minute dans l'heure où je ne me le sois répété ! — Et, cependant, raisonnons... — Un mariage entre Marguerite et moi vous épouvante, n'est-ce pas ?...

Madame Chesnel hésita.

— Au nom du ciel, je vous en supplie, — fit le commandant, — dites votre pensée sans réticence et sans détours ! — Ce mariage vous fait peur ?

— Eh bien, oui, — balbutia la pauvre mère, — il me fait peur...

— D'où vient cet effroi ?...

— Songez donc... Marguerite n'a pas dix-sept ans...

— Et moi je serais plus de trois fois son père, voilà ce que vous voulez dire. — Mais en réalité, qu'importe ?

Sur un geste de la mourante, le commandant répéta :

— Oui, qu'importe ?... — L'union entre Marguerite et moi, qu'est-ce, après tout, sinon pour moi le droit et le devoir de protéger cette chère enfant hautement, légalement, au grand jour !... — Marguerite, devenue ma femme, verrait son avenir assuré, un avenir qui pourrait être heureux encore, même par l'amour, car mon âge est une garantie que les chaînes de son mariage avec moi ne tarderont guère à se briser... Et qui donc, quand je ne serai plus là, empêcherait la jeune veuve du comte de Ferny de donner son cœur à l'homme qui lui semblera digne d'elle ?...

En prononçant ces derniers mots la voix du commandant trembla légèrement :

Mais il se remit bien vite, et il continua.

— Vous savez qui je suis... — ma famille est l'une des plus anciennes et des plus estimées de cette province et, grâce au ciel, je n'ai jamais fait une souillure à l'écusson sans tache de mes pères... — Dans ma vie tout entière il n'y a pas une action dont je doive rougir !... — Permettez-moi de le dire avec un légitime orgueil, je suis un honnête homme !... — Ma fortune, sans être brillante, peut passer pour considérable si on la compare à l'absolu dénuement de Marguerite... — Laissez-moi donner mon nom à cette chère enfant... laissez-moi lui assurer la propriété de cette fortune qu'elle n'aura que bien peu de temps à partager avec un vieux mari... — Croyez-moi, mon amie, je saurai me faire pardonner mon âge à force de tendresses et d'indulgence... — Si aveuglé que je vous paraisse par l'amour qui me domine, je sais bien que je ne puis attendre de Marguerite d'autre sentiment qu'une affection filiale... c'est la seule que je doive et que je veuille lui demander... — Donnez-la-moi, et de même que je vous jurais tout à l'heure de ne l'abandonner jamais, je vous jure maintenant de la rendre heureuse, si heureuse que, lorsque j'aurai répondu : Présent ! ! au dernier appel du bon Dieu, Marguerite, veuve et libre, trouvera dans son cœur des larmes pour le vieux soldat ! !

Ces dernières paroles, étrangement éloquentes et prononcées avec un irrésistible accent de loyauté, avec une émotion croissante et communicative, produisirent sur Marie-Monique une impression profonde.

Déjà la pensée de la pauvre mère ne se révoltait

plus contre ce mariage qui l'avait fait frissonner d'abord.

Déjà elle se disait que le commandant était dans le vrai, et que son union avec Marguerite assurerait à cette dernière un nom honorable, une position dans le monde, une large aisance, un avenir facile.

Et puis, ne venait-il pas de l'affirmer lui-même, il serait pour sa jeune femme un père bien plus qu'un mari.

Le commandant, les yeux attachés sur le visage de madame Chesnel, la laissait se plonger dans ses réflexions, dont il sentait bien que le résultat définitif ne pouvait manquer de lui être favorable.

En effet, des lueurs passagères venaient éclairer la physionomie de la mourante et témoignaient du revirement complet qui se faisait dans sa manière d'envisager les espérances de M. de Ferny.

Au bout de quelques minutes Marie-Monique releva sur le vieillard ses yeux qu'elle avait baissés jusque-là.

Ce mouvement fit supposer au commandant que la question était tranchée dans l'esprit de la mère de Marguerite... — et il ne se trompait pas.

— Eh bien, mon amie, — demanda-t-il d'une voix suppliante, — que puis-je espérer?... que dois-je craindre?... que décidez-vous?...

— Je vous remercie d'abord, et bien profondément, et de toute mon âme, de l'honneur que vous faites à ma fille en sollicitant sa main... — répondit madame Chesnel, — et je vous prie de me pardonner la surprise, et il faut bien que je l'avoue, l'effroi, que j'ai ressentis d'abord en vous entendant me dire que vous aimiez Marguerite...

— Pourquoi ces inutiles excuses?... — interrompit le commandant. — Votre surprise et votre terreur, vous savez que j'ai tout compris. — Mais vous ne me répondez pas, mon amie, et pourtant vous savez que je souffre en attendant votre réponse.

— Que puis-je vous dire ? — Oui, vous avez raison, — oui, l'union que vous souhaitez assurerait le repos de Marguerite et peut-être aussi son bonheur, — mais je ne me reconnais pas le droit de disposer de sa main sans connaître sa volonté... — J'aimerais mieux la laisser orpheline et pauvre, sans asile et forcée de gagner son pain, que de lui faire une loi d'un mariage qu'elle n'accepterait qu'à contre-cœur. — Et vous-même, mon ami, vous refuseriez une union imposée par moi et subie à regret par elle... — vous voulez une compagne et non pas une martyre...

— Ah! certes!... — s'écria M. de Ferny, — plutôt renoncer mille fois à ce dernier rêve de ma vie, que de contraindre Marguerite !... — Mais êtes-vous pour ou contre moi, vous, sa mère ?...

— Je suis pour vous et, si le consentement de ma fille dépendait du mien, vous l'auriez à l'instant...

— Voilà ce que je voulais savoir, — dit le commandant en s'efforçant de dissimuler sa joie, — dans quelques minutes nous serons fixés...

— Qu'allez-vous faire ?

— Je sors... — je vais dire à Marguerite que vous la demandez... — Interrogez-la adroitement. — Avant une heure je reviendrai et je connaîtrai mon arrêt...

— Faut-il donc que je parle à ma fille aujourd'hui même ?... — balbutia madame Chesnel toute tremblante.

— Oh ! je vous en supplie, ne retardez pas !... — Si vous saviez, si vous pouviez savoir quelle impatience me dévore... — A mon âge, on n'a plus le temps d'attendre...

— Que diriez-vous donc, — murmura Marie-Monique, — si vous n'aviez que quinze jours à vivre ?...

Puis, plus haut, elle ajouta :

— Mais vous avez raison, il faut se hâter... — Allez donc, j'attends Marguerite...

Le commandant quitta la chambre.

La jeune fille, dans le jardin, arrosait ses fleurs.

— Comment ! — s'écria-t-elle, — mon ami, vous partez déjà ?...

— Je reviendrai, chère enfant... — Votre mère vous prie de la rejoindre... — elle a quelque chose à vous dire...

— J'y cours... — répondit Marguerite.

Elle posa son arrosoir et, légère et gracieuse comme une willis, elle disparut dans l'intérieur de la maison.

XXII

— Mon enfant, — fit madame Chesnel, — assieds-toi là, près de moi... J'ai bien des choses à te dire, et des choses qui, je le crois, vont t'étonner un peu...

— Tant mieux, bonne mère, — répondit Marguerite, — j'adore les surprises.

— Sais-tu bien que tu vas avoir dix-sept ans?...

— Oui, vraiment, je le sais... — Dans trois mois j'entrerai d'un pas ferme et résolu dans ma dix-huitième année... je serai presque une vieille fille...

— N'as-tu jamais pensé que tu te marierais un jour?

— J'y ai pensé comme à une catastrophe assez fréquente en ce bas monde... mais ce sujet de réflexions me semblant médiocrement joyeux, je l'ai laissé de côté le plus vite possible...

— Est-ce que le mariage t'effraye?...

— Certainement.

— Mais pourquoi?

— Parce qu'il me paraît très triste qu'une jeune fille, au moment où elle est parfaitement heureuse dans sa famille, auprès de sa mère, devienne du jour au lendemain la femme d'un monsieur qu'elle connaît à peine, et pour lequel il lui faut tout abandonner... — Je ne comprends rien au mariage, — je ne devine pas ce qu'on peut lui trouver de séduisant, et je suis bien résolue, s'il fallait me séparer de vous, bonne mère, pour suivre un mari, à ne me marier jamais...

— As-tu quelquefois réfléchi que nous étions pauvres, Marguerite?

— Nous sommes pauvres, mais nous sommes heureuses... — La pauvreté n'est un malheur que lorsqu'elle entraîne à sa suite des privations, et que nous manque-t-il?... — Les fleurs ne nous coûtent que la peine de les semer, et je ne désire rien de plus que ce que Dieu nous donne... — Cette maisonnette, notre jardin, une robe de toile l'été, une robe de laine l'hiver, — nous avons tout cela. — Ne trouvez-vous pas, comme moi, que c'est bien assez?...

— Oui, certes, ce serait assez, si nous étions sûres de l'avoir toujours...

— Comment! — s'écria Marguerite avec anxiété,

— ces choses si modestes, et qui nous satisfont cependant, peuvent-elles donc nous manquer plus tard?...

— A toi du moins, ma pauvre chère fille...

— A moi?... Que voulez-vous dire!...

— Le jour où je te quitterai, Marguerite, tu perdras en même temps que moi l'humble pension qui nous fait vivre... — et alors, seule au monde et sans ressources, que deviendras-tu, mon enfant?...

— Oh! ma mère... ma mère, — balbutia la jeune fille dont les yeux se remplirent de larmes, — pourquoi donc m'attrister par ces images sinistres? — Dans quel but évoquer un avenir lointain auquel je ne veux penser jamais, et qu'importe ma destinée ici-bas quand vous n'y serez plus avec moi?...

— Chère enfant, c'est ton cœur qui parle, mais c'est ma raison qui doit répondre... — Je serais une mauvaise mère si je ne me souvenais de ce que tu veux oublier... J'espère bien ne pas te quitter de sitôt, mais je me préoccupe du sort qui t'attend après moi, et la misère, qui pour toi m'apparaît en perspective, empoisonne ma vie et hâtera ma fin! — L'idée que tu resteras seule et pauvre sur la terre me rend la plus malheureuse des femmes.

— Malheureuse, vous, ma mère! — malheureuse à cause de moi! — répéta Marguerite avec émotion. — Que faire, mon Dieu, que faire, pour vous rendre le calme et pour vous ôter cette douleur?

— Il existe un moyen... un seul...

— Lequel?... Oh! dites-moi lequel, bonne mère, et, s'il est à notre disposition, employons-le bien vite...

— D'après les quelques mots que je t'ai dits tout à l'heure, ne devines-tu pas?

Marguerite appuya sa tête dans ses mains pendant un instant, comme pour concentrer toutes ses pensées.

Puis elle la releva en disant :

— Il s'agit d'un mariage, peut-être...

— Oui, mon enfant, — répondit Marie-Monique, — tu dis vrai, il s'agit d'un mariage...

— Quelqu'un demande à me prendre pour femme?

— Oui.

— Comme c'est singulier!...

— Pourquoi donc?

— Parce que je ne connais personne et que personne ne me connaît.

Marie-Monique garda le silence.

Marguerite reprit :

— Enfin, celui qui désire m'épouser est un honnête homme, n'est-ce pas?...

— Le plus honnête homme que je sache!...

— Il ne songerait point à nous séparer l'une de l'autre?

— Jamais, — nous passerions ensemble tout le reste de ma vie...

— Et ce mariage vous rendrait heureuse, ma mère ?...

— Oui... — dans ce sens qu'il assurerait, je crois, ton bonheur, et qu'il me donnerait pour l'avenir cette tranquillité d'esprit, cette sécurité, cette confiance dont l'absence est pour moi une véritable torture...

— Eh bien ! alors, — dit la jeune fille avec un sourire, — tout est pour le mieux... — Faites bien vite savoir à mon *mari futur*, — (elle appuya sur ces deux mots), — faites-lui bien vite savoir que sa demande est agréée, et qu'il peut se présenter quand il voudra...

— Ainsi, — s'écria Marie-Monique, — tu consens ?...

— Et de grand cœur ! — Une chose proposée par vous, ma mère, ne peut m'apporter que du bonheur...

— Mais tu ne sais pas même le nom de celui à qui tu promets ta main... — murmura madame Chesnel.

— Ah ! c'est vrai... — fit Marguerite avec insouciance ; — cela devrait pourtant m'intéresser plus que personne... — Mais vous allez me dire ce nom, et il me semble que je l'entendrai pour la première fois...

— Tu te trompes, mon enfant...

Marguerite eut un geste de surprise.

— Comment! — dit-elle, — je connais le nom de mon futur mari?...

— Oui.

— Mais au moins je ne l'ai jamais vu, n'est-ce pas?...

— Tu l'as vu...

— Où donc?...

— Ici même.

— Vous parlez sérieusement, ma mère?... — la personne que j'épouserai est venue ici?...

— Souvent.

— A mon insu, alors, et en mon absence?

— En ta présence, au contraire.

— Mais c'est incroyable cela!...

— C'est pourtant la vérité.

— Il m'a parlé, et je lui ai répondu?...

— Oui.

— Alors, je renonce à deviner... — A vous entendre, bonne mère (et je n'en doute pas, puisque vous le dites), j'aurais vu souvent ici mon futur mari... — Il est évident pour moi qu'en ce moment j'ai l'esprit à l'envers et que ma mémoire est bien malade, puisque je n'ai conservé nul souvenir de ces entrevues, et puisque je serais prête à jurer que le commandant est la seule personne que nous recevons...

— Et... si c'était le commandant?... — balbutia Marie-Monique.

Marguerite releva vivement la tête et jeta sur sa mère un long et profond regard, comme pour essayer de lire jusqu'au fond de sa pensée.

— Si c'était le commandant?... — répéta la jeune fille d'une voix lente.

— Oui... — dit la mourante avec trouble et avec hésitation, tandis que des gouttes de sueur coulaient une à une sur son front semblable à de l'ivoire jauni. — Si c'était lui, que dirais-tu?

Pendant quelques minutes, Marguerite s'absorba dans une rêverie muette et profonde.

On eût dit qu'elle interrogeait son âme et son cœur, et qu'elle jetait la sonde dans les profondeurs de sentiments encore inexplorés par elle jusque-là...

Une ride imperceptible se creusait entre ses deux sourcils légèrement contractés, et ses regards avaient l'expression vague et distraite de ceux du savant qui cherche la solution d'un problème insoluble, — le mouvement perpétuel ou la quadrature du cercle.

Nous ne saurions donner une idée exacte de l'anxiété avec laquelle Marie-Monique attendait la réponse que les lèvres roses de sa fille allaient formuler, réponse suprême faite à une mourante, et de laquelle tout l'avenir d'une orpheline allait dépendre.

Enfin un faible sourire se dessina sur la bouche

de Marguerite... — elle regarda de nouveau sa mère, et elle répondit :

— Vous me demandez ce que je dirais si c'était lui... — Eh bien, bonne mère, je dirais : — *Tant mieux !*

— Vrai ? — s'écria madame Chesnel, ranimée par ces mots.

— Bien vrai, je vous assure. — Est-ce que cela vous étonne ?

— Non,.. et pourtant...

Marie-Monique s'interrompit.

La jeune fille reprit :

— Puisqu'il me faut absolument un mari, je préfère de beaucoup le commandant à tous ceux qui auraient pu se présenter... — Lui, du moins, je le connais, — c'est un homme excellent, que j'aime déjà de tout mon cœur et comme s'il était mon père... — De là à l'aimer comme mon mari il n'y a qu'un pas... — ajouta Marguerite dans son adorable candeur. — Je ne comprends pas extrêmement bien pourquoi l'idée de m'épouser lui est venue ; mais enfin, puisqu'il le désire et vous aussi, moi j'y consens très volontiers et je suis sûre d'avance que nous serons, vous et moi, parfaitement heureuses avec lui... — Nous irons habiter sa maison de la rue de la Préfecture, — le jardin est bien plus grand que celui-ci, par conséquent nous aurons beaucoup plus de fleurs. — D'ailleurs le commandant est bien assez riche pour me permettre d'acheter des graines de toutes sortes, même les plus rares, et quelques livres sur *la flore* des jardins... — Cette petite maison peut devenir un paradis terrestre... Allons, décidément, je suis fort contente de me marier... — Ce brave commandant ! quand j'étais toute petite fille, il me faisait sauter sur ses genoux, je m'en souviens bien... — et maintenant je serai sa femme... — C'est très invraisemblable, mais c'est amusant... — On m'appellera madame... madame de Ferny... — madame la comtesse de Ferny... — Je n'en reviens pas !

Et Marguerite se mit à rire, d'un rire d'enfant éclatant et sonore.

FIN DU PREMIER VOLUME

F. Aureau. — Imprimerie de Lagny.

www.ingramcontent.com/pod-product-compliance
Lightning Source LLC
LaVergne TN
LVHW020619110826
845149LV00002B/526